별; 오름에서 편지를 띄우며

별; 오름에서 편지를 띄우며

마음속 빛나는 별을 품고사는
가장 보통의 당신에게

글·그림 성희승

지베르니

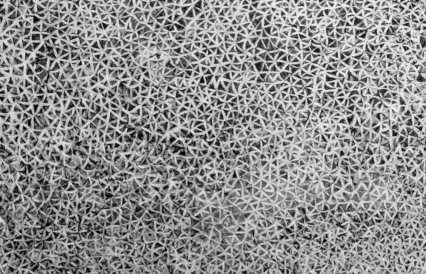

Universe_20210527
2021
Acrylic on canvas
600x280cm

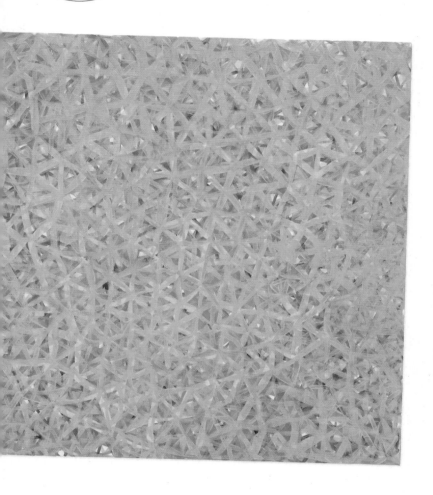

Universe_20210214
2021
Acrylic on canvas
81x81cm

별; 오름에서 편지를 띄우며

"마음속

빛나는 별을 품고 사는

가장 보통의 당신에게

보통의 당신들이

세상에서 가장 빛나는 별이며,

가장 고귀한 별입니다."

홀로 작업을 하고 있으면 세상에 나 혼자인 듯 한 날들이 있었습니다. 또 어떤 날은 나의 모습을 닮은 적막함에 외로웠던 날들도 있었습니다. 그리고 홀로인 밤들이 익숙해질 무렵, 어느 날 그림 속으로 찾아온 친구들이 있었습니다.

"쏟아지는 햇살, 청명한 하늘, 이름 모를 들꽃들,

선선한 산들바람 그리고 밤하늘에 반짝이는 별…."

홀로 인 듯 했지만 결코 혼자가 아니라 언제나 함께하는 자연이 있었습니다. 삶을 함께 공유하며 서로를 응원하는 가족처럼, 친구처럼…

이렇듯 자연은 소리 없이 기운을 북돋아 주었고, 등을

토닥이며, 다정한 눈인사를 건네기도 하고, 말을 걸어오기도 합니다. 또 자연의 모든 것들이 때로는 속삭이듯, 때로는 큰 소리로 또 때로는 고요함 속에서 함께 합니다. 동화 '아낌없이 주는 나무'처럼 한없이 줄 수 있는 모든 것을 주고 있습니다. 그때 깨달았습니다. 자연 안에서 제게 손짓하듯 빛을 비춰주고 있음을…. 자연의 언어로 이야기하며, 그 언어로 대화하는 기분이었습니다.

"고요한 순간

소리 없는 시처럼

글을 품은 그림을 통해

내 마음을 담아, 네게 전하고,

:

:

그래서 우리가 되길."

　　어느 날 밤 오름에 올라 밤하늘의 별을 올려다보며 문득 반가운 손님처럼 찾아온 마음이 있었습니다. 수많은 별이 우리가 태어나기 전부터 빛나고 있었듯, 우리는 모두 소중한 존재이며, 빛나지 않는 별은 없다는 것을. 또 우리 마음 깊은 곳에 모닝스타, 샛별, 새별을 품고 살아가고 있음을.

이러한 마음들을 그림을 그려내듯 글을 그려갔습니다. 그러다보니 자연의 언어를 삶의 언어로, 자연이 주는 선물 같은 마음, 관계, 느낌 등 그림을 그리듯 글로 그려보고 싶었고, 함께 나누고 싶었습니다. 그리고 편지를 띄우듯, 내게 힘을 주는 것처럼 나를 세상에 존재케 한 그 모든 것들을 향해 말하고 싶었습니다. 또 나와 같은 이들에게 전하고 싶은 마음이 들었습니다.

'네가 있기에, 우리가 있기에 힘이 된다는 것을….'

우리 모두는 밤하늘의 별이 연결된 것처럼 나와 너 그리고 우리는 하나로 연결되어 함께 살아가고 있습니다. 그리고 우리 각자의 삶은 어딘지 모르게 닮은 부분이 참 많습니다. 그래서 서로 다른 삶 안에서 우리는 함께 울고, 웃고, 기뻐할 수 있는 것들에 대한 감사한 마음을 담아 지금 이 순간 가장 보통의 우리에게 선물하고 싶습니다.

'별; 오름에서 띄우는 편지'를 통해 홀로 인 듯 했던 수많은 밤이 결코 홀로가 아닌 함께였음을.

프롤로그

Universe_20210527
2021
Acrylic on canvas
35x28cm

차례

평론

●

점

Universe_20181007
2018
Acrylic on canvas
45x45cm

삶을 살아간다는 것, 이것은 좋은 땅에 씨가 뿌려져

꽃을 피우고 열매를 수확하는 것과 비슷하다.

좋은 밭을 가꾸며 살아갈 수 있도록

- 좋은 땅(재료, 자질)을 주신 아버지께 감사하며

지금의 우리를 존재하게 한 '빛의 씨앗' 빛을 찾아

여행을 가는 것처럼,

자연이 주는 아름다움과 경이로움,

강렬함과 신비로움 속에서

우리의 삶은 빛을 내며 살아가고 있습니다.

인생이라는 오름에 올랐을 때

오름 안에서 오르를 주신 주님을 생각하며

그분께 사랑을 고백하듯 한 글 자 한 글자

생각을 담아 써내려 가는 밤입니다.

오름

오르˙를 찾아

오름에 닿아

하늘에 오르다.

빛의 씨앗

세상의 끝과 시작을 알리는 빛을 찾아서

구름 한 점 없는 날을 기다리며

맑은 밤하늘을 고대하며

밤하늘 문이 열려 은하수 길이 나오길 숨죽여 기다린다

기다림의 순간은

추위도 배고픔도 문제가 되지 않는다

생존의 문제가 아니라 존재의 문제이므로

나는 무엇을 위해 존재하는가

나는 무엇을 위해 이곳까지 왔는가

간절한 기도를 드리며

잠들었다 깨었다를 반복한 무수한 밤들

오직 신이 허락해야 하는 순간에

볼 수 있는 빛의 씨앗들

빛의 씨앗들이 퍼져나가는 찰나

고귀하고 감사한 그 찰나를 놓치지 않으리.

점

Universe_20210213
2021
Acrylic on canvas
45x45cm

빛이 태어난 그때

수평선 오솔길

빛을 찾아

구름 한 점 없는 날을 기다리다

맑은 밤하늘

은하수 밝은길

숨죽여 기다리며

추위도 배고픔도

잊은 기다림속

神의 찰나

볼 수 있는 그 씨앗들

새벽보다 깊은 새벽 끝에서

기다림보다 깊은 기다림속에서

쏟아지는

눈물이 있었다

점

헬싱키 공항에서

푸른 하늘과 맞닿은 시작점

헤어짐과 만남의 맞닿은 곳

길이 끝나는 곳에 길이 열리고

목적지의 끝에서

목적지의 시작이

맞닿은 시작점

길이 끝나는 곳에서

길에 안녕을 고하고

길이 끝나는 곳에서

다시 길을 찾았다

별 속에서 별을 보며

청춘의 돌무덤도

어렴풋한 회한도

이 길이 끝나는 곳에서

다시 시작된다

Universe_20210310
2021
Acrylic on canvas
65x53cm

북극의 빛, 오로라를 찾아서

거친 숨결

태양 폭풍

외롭고 쓰라린

빛의 고통에

타오르는 들불을

지키며

어둠 속에

웅크렸던

지난일 모두 망각하고

지구의

가장 고독한 빛

그 빛

한가운데로

가. 고. 싶. 다.

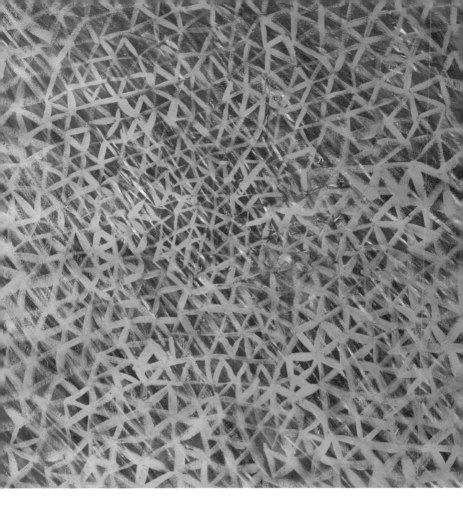

Universe 20190210
2019
Acrylic on canvas
65x65cm

반복의 기쁨

반복되는 일상 속

지루함도 아니리

고루함도 아니리

같은 점

동일한 선들이 반복되어

선율을 이루 듯

음률을 만들어내 듯

기억의 파편들이

하나 둘 점을 이루고

선을 만들어

지금 내가 살고 있는 이 세상의 면을 이루어내리

성실함이 담긴 반복

일상이 주는 기쁨이리.

Universe_20200811
2020
Acrylic on canvas
73x60cm

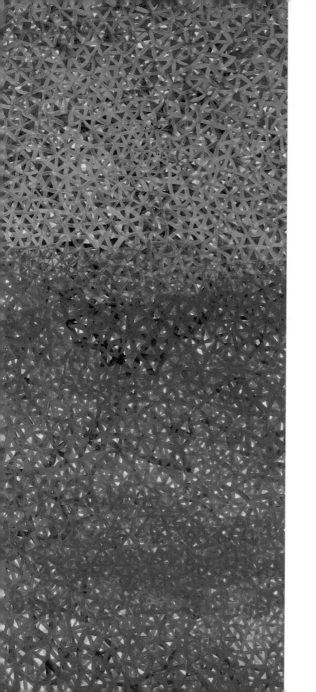

Universe_20200603
2020
Acrylic on canvas
112x162cm

너만으로 충분해

삶 사랑 세상

시옷으로 시작하는 우주와 같은 단어들

때로는 버거웠고

때로는 외로웠고

때로는 미안했던 순간들

그 순간들에 따뜻한 온기를 넣어준 너

영혼이 맑고 깨끗하기에

세상을 껴안을 수 있을 만큼 널따란 너이기에

안도의 숨을 쉴 수 있었던 나

너에게 해주고픈 말

나는 너만으로 충분해

너만으로 충분해

붓질

생각에 또 생각이 더해지듯

수없이 반복되는 붓질

수행이 만들어낸 결과

촘촘한 그물처럼

거대한 우주가 탄생한다

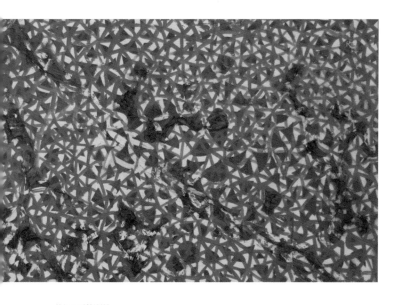

Universe_20210405
2021
Acrylic on canvas
91x72cm

모하비 사막에서

하늘과 사막이 닿은 듯

경계가 지워진 곳

모하비 사막에 서있다

살아온 흔적이 지워지듯

수없이 걸어온 발자국

모래 바람으로 사라진다

사막의 목마름을 느끼듯

풀어지지 않는 삶의 목마름

존재의 존재를 보여준다

밤하늘의 별

짙은 어둠 속

아무도 없는 그곳 * 의 하늘

내가 바라본 그 하늘은

삶의 운명을 담아

내게 보내어진 하늘

그 하늘에 드리워진 밤하늘의 반짝이는 점들

헤아릴 수 없이 수많은 점들이

그 순간 희망의 빛

황금빛 점이 되어 내게 쉼 없이 달려온다

마치 세상의 시작점과 끝점을 연결하여

내일로 끌어주는 힘으로 다가와

그 점들은 희망의 시작이 된다

밤하늘의 점들

그 점들은 희망의 시작이다

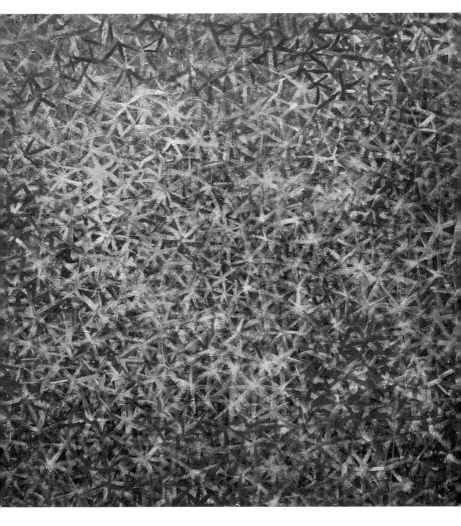

Universe_20200108
2020
Acrylic on canvas
73x73cm

메를로 퐁띠를 지각하며

프랑스산 와인 한 잔에

철학을 담고

너를 바라본다

와인 한 잔에 담긴

너의 존재

이미 존재하는 네가 있어서

내가 항상 존재한다

와인 한 잔에 담긴

메를로 퐁띠의 지각

그의 지각을 지각하며

지각 이전에

이미 우리가 존재하고 있음이

감사할 뿐이다.

Universe_20181214
2018
Acrylic on canvas
19x53cm

● 나의 드로잉

한 점 망설임 없이

부지런히 움직이는 나의 드로잉

자유로운 영혼의 춤사위

거침없이 움직이는 나의 원형

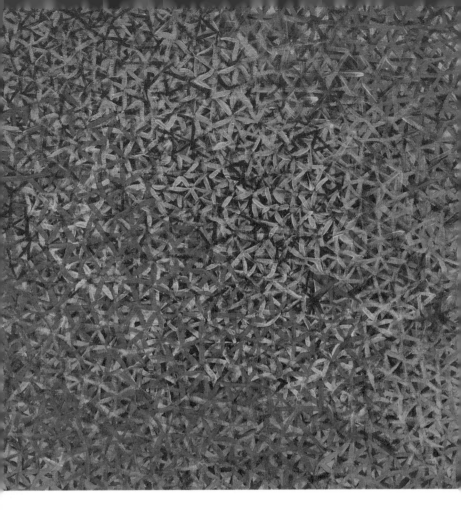

Universe_20200317
2020
Acrylic on canvas
65x65cm

시화

시는 소리를 내어 들려주고

그림은 침묵을 풀어 담아주고

시인은 소리 나는 그림을 그리고

화가는 소리 없는 시를 쓰네

나는 고요함을 담아 그림을 그리고

소리를 담아 시를 쓰네

점

한 획이 그어질때

난 물속처럼 몸부림친다

붓질이 파닥일 때 바람이 일어

삶은 끝까지 긴박하고 비릿하다

한 획이 그어질때

기억이 비늘처럼 곤두선다

바람처럼, 비늘처럼, 시계바늘처럼

한 획이 그어질때

팔닥팔닥 내심장은 뜀뛴다

Universe_20210602
2021
Acrylic on canvas
162x228cm

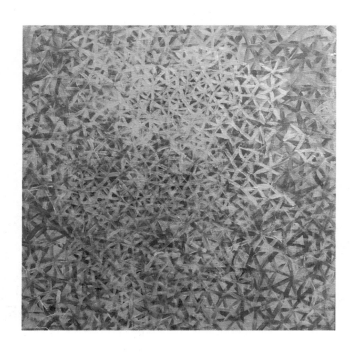

Universe_20200406
2020
Acrylic on canvas
50x50cm

별빛 화석

수 천 년

수 만 년

셀 수 없이 흘러온

오랜 시간들

누군가의 삶을 비추며

한 조각 한 조각

삶의 파편을 모아

기록하여 기억하여

우주에 남겨둔 저마다의 보물

화석이 된 어느 별빛에

빛의 여백

쉽게 쓰여진 시 앞에

엎질러진 그림앞에

연일 눈물이 났다.

한밤의 소나기

훑고 지나간 자리

그물에 걸리지 않은

숲의 바람처럼

편린의 생각들은

손가락 사이로

새어나가고

잡을 수 없는

기억의 저쪽에서

엎질러진 그림앞에

쉽게쓰여진 시앞에

잘라내어진

생각앞에

내가 잊던

빛의 여백으로

채워진다

겨울산

새벽달빛 앞에

시려운 손발 부여잡고

앉아있던

겨울산은

끝끝내 목련꽃을

그렇게 터뜨렸다

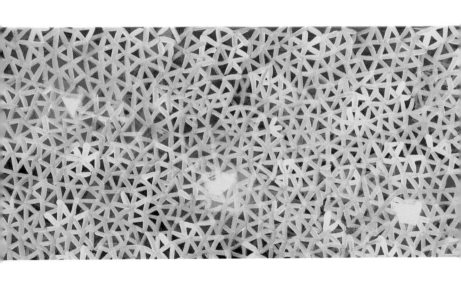

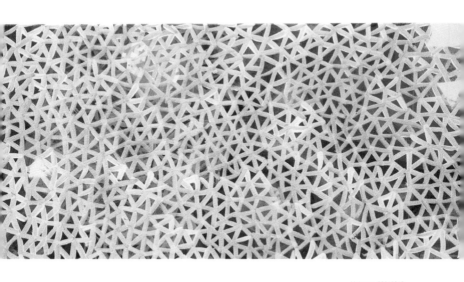

Universe_20210312
2021
Acrylic on canvas
150x80cm

별이 지는 자리

풀은 마르고

꽃이 시들어

별이지는 자리에

어김없이

별은

다시 뜬다

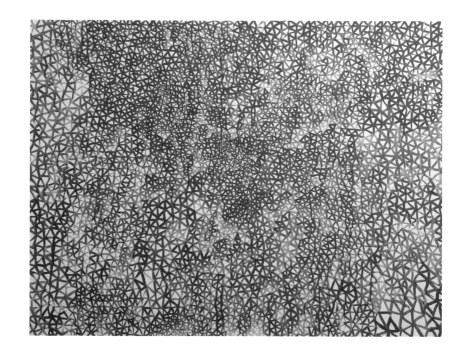

Universe_20190820
2019
Acrylic on canvas
117x91cm

Universe_20190110
2019
Acrylic on canvas
32x32cm

—

선

Universe_20210521
2021
Acrylic on canvas
30x40cm

우리는 종종 감내하기 어려운 일 사이에서

혼자라고 느껴질 때가 있습니다.

위로를 받고 싶지만, 홀로였던 순간들

그냥 스쳐 지나갔던 순간들 같지만,

그 고비마다 따뜻한 마음과 위로를 선물하듯

포근히 감싸 안아주는 네가 있었고, 우리가 있었습니다.

그리고 밤하늘의 별이 있었습니다.

별은 수명이 다할 때 까지 우리 눈에 보이든, 보이지 않든

밤하늘에 예쁜 수를 놓고, 빛을 머금고 있습니다.

어느 날 밤하늘을 올려다보았을 때,

유난히 반짝이던 그 별처럼,

우리들 마음 깊은 곳에서 별처럼

반짝이는 희망의 꽃을 편지 한 장에 담듯

전하고 싶은 밤입니다.

바람과 바람(hope) 사이에서

너를 닮은 바람의 속도

잡으려고 잡다가

그저 지나가버린 바람

바람처럼 떠나 버린 그 자리에

나

홀로 서있네

나를 닮은 바람의 영혼

맴돌다가 맴돌다

스쳐지나가는 바람

바람 불어와 바람이 흘러가

바람 스며들며 바람이 떠나네

바람을 담은 바람의 영혼처럼

고요하게 고요하게

나

여기

홀로 서있네

Universe 20191011
2019
Acrylic on canvas
45.5x45.5cm

존경합니다 - 사랑하는 아버지께

새벽에 바라본 아버지의 뒷모습

침묵하는 수도자처럼

말없이 기도하듯

하염없이 서계셨던 아버지

겸손한 눈빛으로

열정과 에너지를 태우듯

가족을 위해 모든 것을

내어주시는 분

매서운 추위에도

타내려가는 더위에도

몸이 으스러지듯

최선을 다하시는 분

언제나 곁에 있는

초록빛 소나무처럼

언제나 네 편이야 말하듯

눈빛으로 전해지는 아버지의 사랑

마음으로 전해지는 아버지의 기도

아버지(주님)의 사랑을 닮은

아버지의 기도

아버지를 닮고 싶은

나의 기도가 전해지길

선

기댐

보이는 것들은

보이지 않는 것들에 기대고

소리가 나는 것들은

고요함에 기대어

홀로 있는 그들은

하늘에 기대고

저 하늘은

그들 마음에 기댄다

Universe_20200314
2020
Acrylic on canvas
46x53cm

기도

하나님이 보내주신 그분의 별을

양손으로 고이 모시고

사랑을 기쁨을 위로를

진심으로 마음에 담고

봄날 흩날리는 꽃잎처럼

저 멀리까지 퍼지게 하고

우리 라희의 소곤소곤한 목소리처럼

하나님이 속삭여주신 사랑을 전하는 것

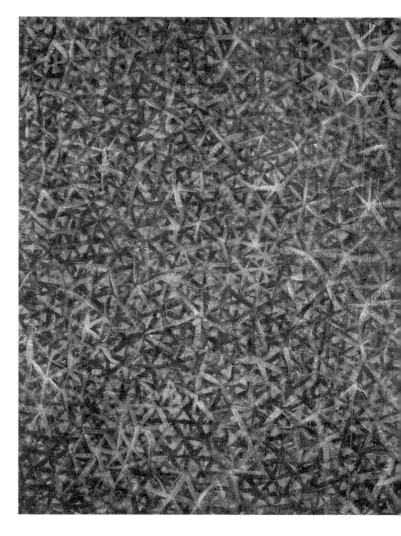

Universe_20181225
2018
Acrylic on canvas
91x91cm

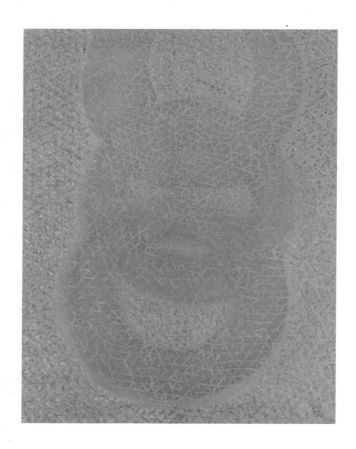

visible / invisible
2019
Acrylic on canvas
112x145cm

학고재에서

예스러움 안의 숭고가

지금 이 순간의 미가

한데 어우러진 곳

켜켜이 둘러싸여

기억의 기억을 보태는

나무테를 기와를 품은 곳

예술가들의 정신이 모여

영혼을 담아내는

작품을 이야기 하는 곳

학고재 그곳에서…

선

Universe_20181229
2018
Acrylic on canvas
18x18cm

믿음

봄을 껴안은 겨울 씨앗들

새순으로 나와 열매를 맺어

농부에게 큰 미소를 준다

마음을 껴안는 겨자씨들

좋은 밭을 가꾸며 살아가는

농부에게 희망을 심어준다

봄을 이야기하는 겨자씨처럼

풍성함을 선물하며

농부에게 좋은 믿음을 선물한다

그림 그리는 사람

그림 그리는 사람은
보이는 곳과 보이지 않는 곳을
자유로이 오가는 여행자이다

손가락 사이의 붓끝을 보면
보이는 곳과 보이지 않는 곳을
수없이 연결하여
끝이 없는 궤도를 오가는 순례자이다

Universe 20210513
2021
Acrylic on canvas
61x61cm

삼각 김밥

나

너

우리가

함께 지은 행복한 밥

Universe_20210608
2021
Acrylic on canvas
23x16cm

별 오름

오름에 누워
별을 뜨기를
별을 담기를

오름에 누워
자수를 놓듯
별수를 세듯

오름에 누워
꿈을 담듯
별을 담네

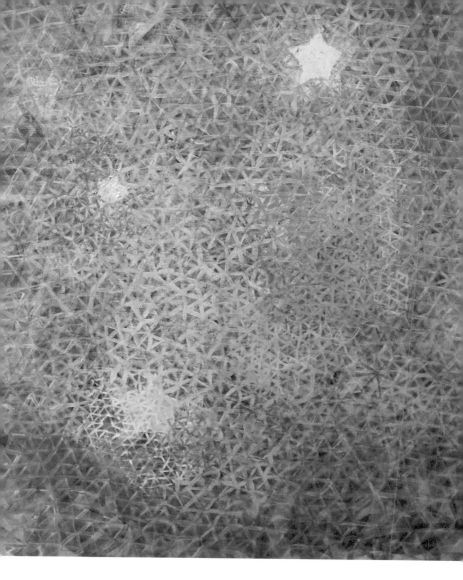

morning star 2018
2018
Oil, acrylic on canvas
130x97cm

밤하늘에 드리워진 별꽃

캄캄한 밤하늘에
그림을 그려내듯
하늘을 향하는 눈동자들

바람에 흩날려
꽃바람을 일으키듯
쏟아지는 별들

깊게 잠들었던
밤하늘을 깨우듯
활짝 피어나는 별꽃들

고통의 순간들에
따뜻한 마음과 위로를 주듯
솜이불처럼 포근히 감싸 안는 밤하늘

꽃바람과 솔라

꽃바람 쏟아지는

햇살 아래

복슬복슬 새하얀

우리 솔라

꽃바람에 물들어 가는

연두 나무 아래

분홍빛을 머금은

어여쁜 솔라

꽃바람에 살포시 떨어지는

꽃잎 아래

곤히 잠들어

꿈꾸는 솔라

이렇게 그렇게

지금처럼 평생 함께 하고픈

우리 솔라

선

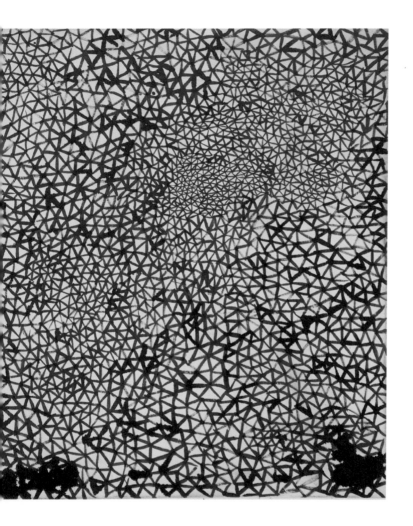

Universe_20200104
2020
Ink on canvas
60x72cm

위로의 빛

하얀 눈에 덮인 듯 당장 보이지 않지만

흰 눈을 닮은 영혼의 별이 소복하게 쏟아져 내린다

선

생명의 빛

한 처음에 하늘과 땅을 창조하시면서

가장 아름답게 창조하신 우리

숨결로 이루어지네

기억의 빛

조금 뒤로 물러서야 조금 뒤에 있으면 깨닫는

눈을 감아야 비로소 보이는 것

기억하기에 빛이 된다

Into Light
2019
Acrylic on canvas
130x97cm

Universe_20190214
2019
Acrylic on canvas
72x72cm

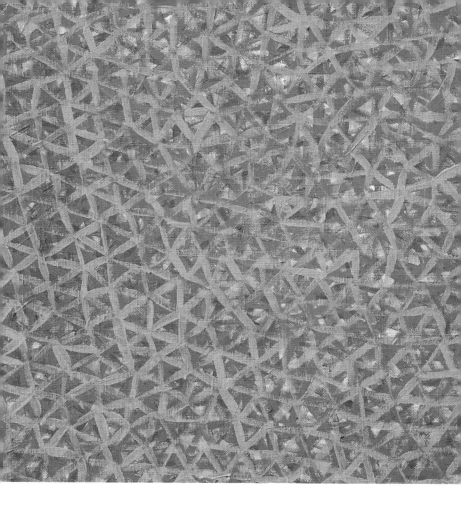

기념의 빛

모든 생명은 역사를 담고 있고

보이지 않는 곳에서부터 빛을 머금고

그 빛을 찾는 순간 기념으로 쏟아져 내리네

혁명의 빛

변화를 두려워하지 않은 따스한 마음들이 모여

하나의 꿈을 향해 나아가네

선

사랑의 빛

눈물마저 메마른 검은 흙 사이에서 굳건히 서 있게 하는 힘

네가 있어 세상은 빛이다

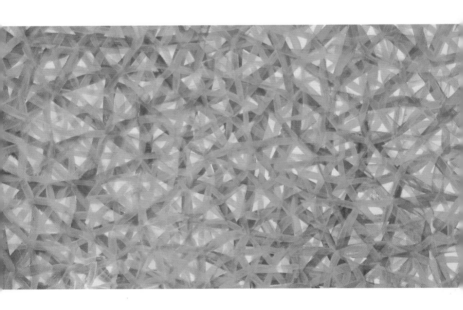

Universe_20210318
2021
Acrylic on canvas
130x89cm

희망의 빛

어디선가 지는 잎새하나

우리들 마음 깊은 곳에 존재하며

그 순간을 기다리는

희망의 꽃들이 모여 빛이 된다

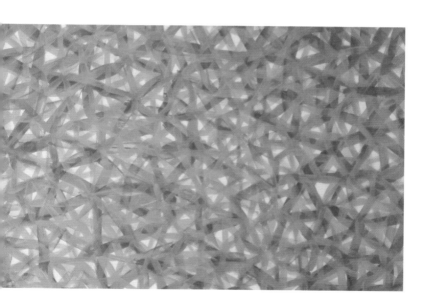

선

어느 미술가의 사유

곧게 뻗은 나뭇가지는

태양을 향하여

눈부신 햇살을 바라보며

하늘을 향해 나아가듯

숲을 이룬다

곱게 뻗은 선은

힘차게 나아가

겹겹을 이루며

선을 향해 나아가듯

온 힘을 쏟아낸다

푸름이 모여

숲을 이루듯

선이 겹쳐

그림을 그린다

Universe_20200503
2020
Acrylic on canvas
53x46cm

그림 약국

그림에서도 향기가 나

마음을 어루만져 주듯

붓을 쓸어내려 가다보면

상처가 아물 듯

마음을 풀어내네

그림에서도 빛이 나

아버지가 쓰다듬어 주듯

부드러운 빛이 스며들면

상처가 사라지듯

마음을 다독이네

밤하늘에 꽃수를 놓다

찬란함을 머금은 초록
그 초록을 품은 맑은 밤하늘은
목련 닮은 새하얀 구름을 안고
오르를 쏟아낸다

구름 사이로 보이는
꽃별 하나 둘
꽃잎 흘러내리듯
우리에게 내려앉는다

초록 밤하늘에 핀 꽃
그 꽃을 따라가는
순수한 눈동자는
꽃수를 놓듯
밤하늘을 수놓는다

기억의 뤼미에르

검은 커튼 프로젝터와 스크린

바람에 흔들리듯

자유로운 영혼들이

춤을 추듯 움직이는 곳

기억을 되질하듯

일정하게 반복되는

매혹적인 장면이 모인

시간의 밀도

네모 프레임 속에서

바람 살랑이듯 춤을 추듯

연속된 시간들

조각난 기억을 맞추듯

한 조각 두 조각

조각들이 모여

형태를 갖춰가는 빛의 환영

Universe_20200708
2020
Acrylic on canvas
33x53cm

一
눈

꽃 눈

새 눈

별 눈

이 모든 것을 담은

네 눈

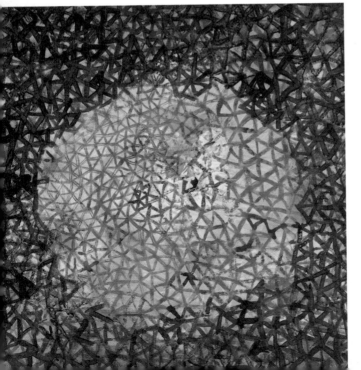

Flowering Star 2020
2020
Oil, acrylic on canvas
53x45cm

내 영혼의 무게

멀리

찬란히

날아오르는 새처럼

가벼이

자유로이

흐르는 구름처럼

새하얗게

다시 태어난 것처럼

경쾌한 내 영혼의 무게

선

글 빛

글을 쓰듯

써내려가는 그림들

색보다 더 고운

마음을 보여주며

글 빛을 내네

그림을 그리듯

그려가는 글자들

물감보다 더 고운

글 빛을 내며

마음을 물들이네

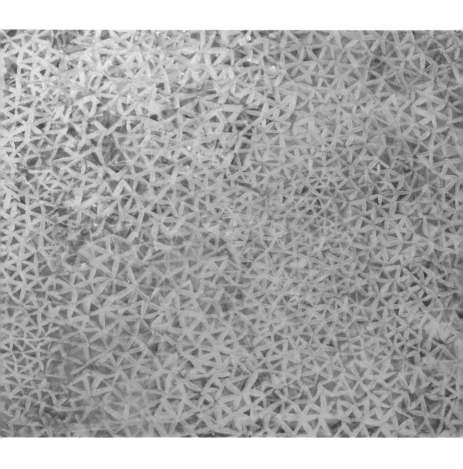

Universe 20210307
2021
Acrylic on canvas
162x112cm

서클

생각의 잔가지들이 모인

저 깊은 곳에서

밖으로 올라오는 것은

그저 점 하나면 된다

그저 그런 점 하나가 둘이 되고 셋이 되고

그러다보면 그 점들이 이어지고

생각이 돌고 돌아

희망을 이어 머무는 곳

동그라미가 된다

도화지

투명한 존재를

새하얀 도화지에 넣어

신의 내린 색을 입혀

존재의 존재가 탄생되는 그 순간

우리는 다시 태어나네

하얗게

새하얗게

선

다시 깨어남

침묵의 소용돌이 속

부서져라 짓누르는 고통에도

모진 바람 속

몰아치는 폭우에도

검은 바람 속

내몰리는 현실에도

어둠속에서도

세상을 깨우는 빛이 탄생해

존재를 존재케 하는

새 하늘 새 땅을 알리네

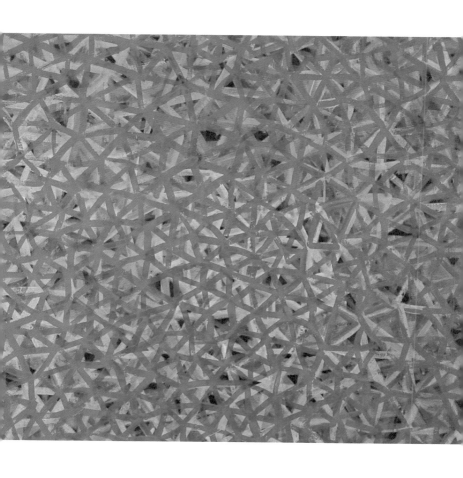

Universe_20200311
2020
Acrylic on canvas
91x116.8cm

나의 그녀 - 부르는 것 만으로도 따스한 엄마에게

캄캄한 밤

그녀가

밤을 밝히는 것은

기도하는 마음

어둑한 밤

선한 눈빛 부드러운 손길로

간절한 기도를 담은

따스한 사랑

깊은 밤

곱디고운 옷감으로

따스한 옷을 짓는

흐뭇한 미소

새벽 가까운 밤

바람에 흩날려

꽃잎 쌓여 따스한

꽃 이불 덮어주는

절대적 모성

캄캄한 밤

그녀가

그 자리에 있는 자체로

이미 기도가 된다

동주 - 윤동주 문학관에서

말조차 할 수 없었던 그 때

남은 것은 강요와 서글픔 뿐

마음을 쓸 수 없었던 그 때

할 수 있는 것은 하늘을 올려다 볼 뿐

그런 동주의 마음을 헤아려준 별

그 별은 동주에게

별을 세는 법과

시대를 살아가는 지혜를 담아주었다

그리고

나에게

지금을 살아가는 희망을 피어주었다

동주의 별이

내게 왔듯

나에게 온 별이

또 누군가에게 전해지길

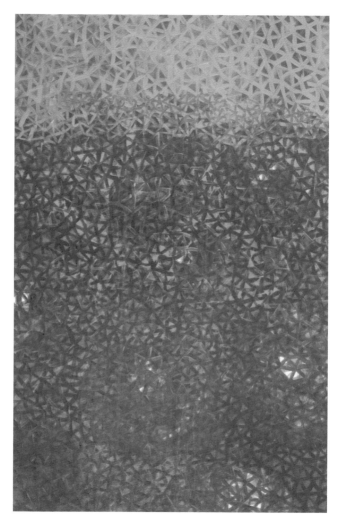

Universe_20210425
2021
Acrylic on canvas
91x117cm

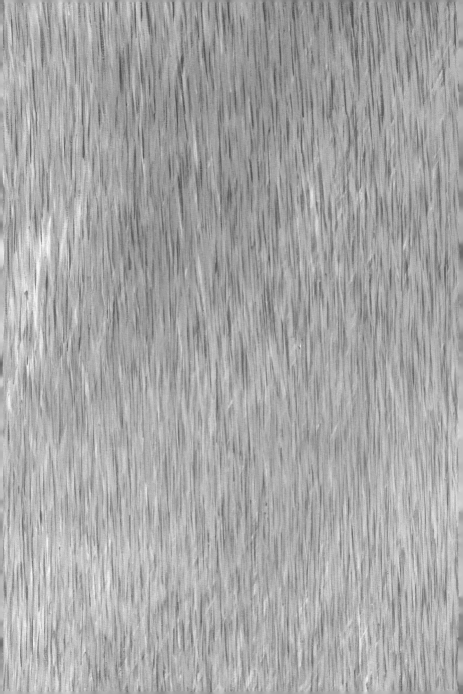

into Light
2019
Acrylic on canvas
130x162cm

면

Universe_20181014
2018
Acrylic on canvas
18x18cm

지금 우리가 있는 것,

함께 하나씩 이뤄내며 열매 맺어 가는

소중한 과정들이 있었기 때문입니다.

우리 모두가 함께 그려가는 세상을 꿈꾸며,

밤하늘을 수놓는 아름다운 별처럼

지금 내 곁에 있는 가족, 친구, 그리고 수많은 인연들에게

한 획 한 획 붓질을 하듯 정성스럽게 시를 담아봅니다.

감사함과 그리움, 사랑하는 마음

그리고 서로가 서로에게 삶의 위안이고 희망이임을….

아름다움을 넘어선 가장 고귀하고 빛나는 별임을….

고백하는 밤입니다.

예술가 마을

숲 안에서 살아가는 나무들이

조화를 이루며 살아가듯

자유로운 영혼들이 모여

나무를 닮아가는 삶을 살고 싶다

숲을 이루며 하나가 된 나무들이

햇살과 비바람을 거름삼아 살아가듯

서로에게 숲이 되어 서로를 감싸 안아주는

숲을 닮은 마을에 살고 싶다

굽이굽이 펼쳐진 예술가들의 인생이

한 고비 한 고비를 넘을 때마다

그때마다 서로에게 박수를 쳐주는

따뜻함을 머금은 푸른 그곳에 살고 싶다

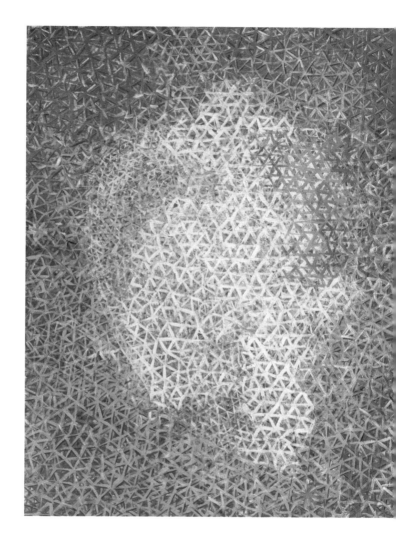

Universe 20181112
2018
Oil on canvas
112x145cm

빚과 빛

오늘도 우리 모두 각자의 인생을 살아내듯

우리 삶에 필요한 것들을 위해

그것들을 담기 위해 열심히 살아가지만

유통 기한이 정해진 것처럼

바람처럼 왔다가

또 바람처럼 사라지는 것들이다

오늘도 우리 모두의 영혼을 끌어 담듯

우리 인생에 필요한 것들을 위해

빚을 내어 살아가지만

찬란한 빛을 향해 꿈꾸기에

무거운 빚을 내어도

빛을 기다리는 마음 변하지 않는 것들이다

진심을 담은 '미안해'

한 번을 한다 하여도

열 번을 한다 하여도

'한결 같은' 마음을 담았던 그 말

누군가는 가벼워 보인다고

또 다른 이들에게는 쉽게 보인다고

'하지 마'라고 했던 그 말

진심을 담아

마음을 다해 전하고 싶었던

꼭 전하고픈 그 말

'미안해'

큰 사람

그날이었네

나 처음
그에게
걸어갔던 날

나 그날
그에게
대답했던 날

나 이제
그에게
영원을 약속했던 날

나 정말
그에게
큰사람이라고 고백했던 날

나 이미

그에게

사랑으로 존재했던 날

바로 그날이었네

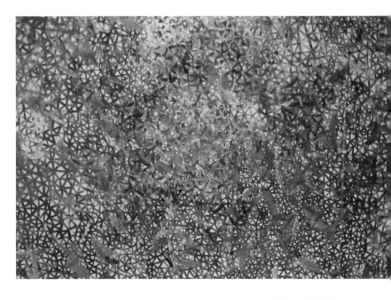

Universe_20191101
2019
Acrylic on canvas
91x73cm

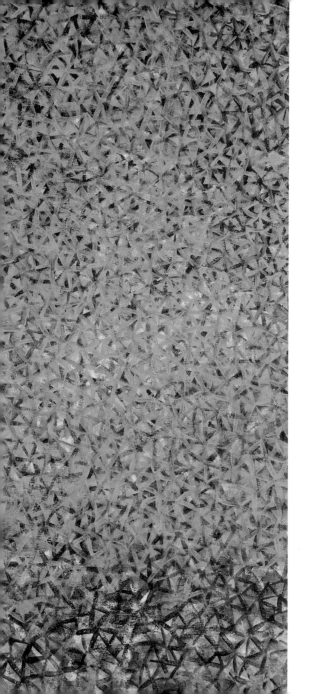

Universe_20210311
2021
Acrylic on canvas
97x130cm

그랬으면

네가 너에게 보여주고 싶은 것

꾸미지 않아도 빛나는 마음처럼

네 마음 순수함 그대로였으면

내가 너에게 물려주고픈 것

바람에 흐트러진 민들레 홀씨처럼

네 마음 자유로운 영혼이 되었으면

내가 너에게 바라는 것

우거진 숲 속 나뭇가지처럼

네 마음 품어줄 수 있는 넓은 마음을 만났으면

지금 우리는

물길 한 가운데

큰 돌을 피해

이쪽저쪽으로 갈라지는 물줄기

정처 없이 흩어지는 물줄기

하나로 모아줄 울타리 하나 없네

소음 한 가득한데

굽이치며 세차게

파도치는 거친 물줄기

덮치는 물줄기

그 속에 쓸려가는 마음들 잡을 길 없네

소란스러움 한 가운데

거칠고 거칠어

요동치는 물줄기

가만히 눈감아 떠올려보는 물줄기

그때의 평화로움에 빠져드네

고요함 한 가운데

말없이 조용히

굽이굽이 흘러가는 물줄기

속이 비추는 투명한 물줄기

청량한 물소리에 멈춘 발걸음

그때의 맑은 날을 기다리네

모두를 위한 예술

비좁은 문

경쟁이라는 이름

그 사이를 뚫고 들어가려는 큰 몸부림

1센티도 허락하지 않는 현실 앞

가까이 다가갈수록 굳게 닫힌 문

그 문을 함께 열었으면

그 문을 서로 밀었으면

현실의 벽

그것을 힘겹게 밀어내고

너의 마음을 위로하고

나의 마음을 위로 받고

마음 안에 평화를 심었으면

마음과 마음으로 전했으면

우리

서로 쓰러뜨리는 것이 아니고

서로 무너뜨리는 것도 아니고

함께

꿈꾸는 것

그저 함께 지탱해주었으면

그저 모두 버팀목이 되었으면

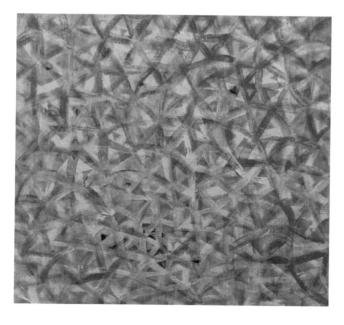

Universe_20200712
2020
Acrylic on canvas
53x53cm

평화로운 세상

나이도 이름도
아는 것 하나 없는데도
과자 봉지를 손에 쥔
꼬마 아이들은
부자가 된 표정으로
그것들을 한 데 풀어 놓습니다

누가 누군지 아무것도
몰라도 궁금해 하지도
가르쳐주지 않아도
평화로운 모습입니다

아,
우리가
바라는 세상도
조금은 욕심이 없는 세상
조금은 나눔이 있는 세상
평화로운 세상입니다

아,

인종도 생김새도

편견도 없는 세상

서로 다른데도

여기 한데 어울려

살아가는 세상입니다

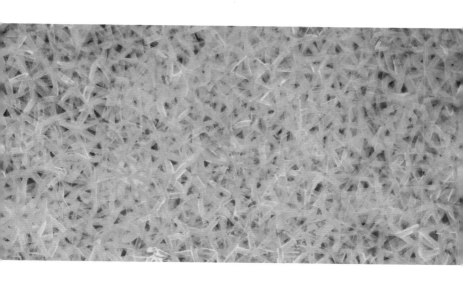

Universe_20210221
2021
Acrylic on canvas
90x60cm

모닝 스타를 꿈꾸며

땅거미 진 후 어두움 가득하여

아무도 없는 그 밤

너에게 전하고픈 말

소리 없이 세상을 밝게 하는 것이 참 많다

그래도 너만큼 영롱하게 밝은 것이 또 있을까

고개 들어 한참을 바라보며

홀로 있는 시간

너에게 전하고픈 말

이 세상에 그리운 것들이 참 많다

그런데도 너만큼 함께하고 싶은 것이 또 있을까

칠흑을 담은 검은 밤 속에서

캄캄한 그 날

너에게 전하고픈 말

이 세상에는 빛나는 것들이 참 많다

그렇지만 너만큼 아름답게 빛나는 것이 또 있을까

빛을 품은 생명망

생명의 근원을 찾아서

헤매던 곳곳

곳곳의 자리를 하나하나 이어보니

무엇하나 우연히 없네!

생명의 빛을 찾아서

방황하던 그때

그때의 순간들을 하나하나 찍어보니

빛으로 이끌어 주네

스쳐 지나갔던 그곳에서

잊고 싶었던 그때

그때의 간절함을 하나하나 모아보니

빛을 품은 생명망이 되어 있네

Universe_20210530
2021
Acrylic on canvas
27x35cm

하늘에 문이 있다면

하늘에 문이 있다면
그 문을 열어서
별 한가득 퍼내고 싶다

하늘에 문이 있다면
그 문을 열어서
퍼낸 별자리마다
떨어진 별빛을 주워 담아

평생 하늘한번 못보고
포크레인 앞에 살던 고향 쫓겨나
떠돌던 이들의 못박힌 가슴앞에
한줄기씩 걸어주고 싶다

하늘에 문이 있다면
하늘에 문이 있다면
그 문을 열어서
그 빛을 주워담고 싶다

관계의 농도

애써 말하지 않아도

눈으로 이야기하기 충분하네

미리 약속하지 않아도

그때 그 자리 그대로 머무르네

고요한 침묵을 지켜도

따스한 눈빛으로 마음 다독이네

세월이 흐르고 또 흘러도

시간 멈춘 듯 그 모습 그대로네

Universe_20190319
2019
Acrylic on canvas
73x91cm

가장 보통의 삶

이름 모를 무명

그 고귀한 이름들이네

알려지지 않은 무명

평범한 그 이름들이네

시공간을 초월한 무명

역사를 품은 그 이름들이네

가장 보통의 삶들

가장 빛나는 인생들이라네

Universe_20190413
2019
Acrylic on canvas
46x53cm

따뜻한 혁명

소리 없이 잔잔히

끝없이 흐르는 강물처럼

저 앞을 향해 나아간다

작은이들이 모여

삶의 고비에 줄다리기 하는 것처럼

온 힘을 합하여 넘어간다

소소한 일상 안에

작고 작은 마음들이 모여

그림의 한 획을 긋듯 세상을 그려 나간다

작은 영혼들의 마음 안에

따뜻한 마음들 가득해

세상은 지금도 올곧게 흘러간다

Universe_20200519
2020
Acrylic on canvas
290x270cm

너 나 우리

너 홀로

나 홀로

제각각

홀로 노래 부르는 세상이네

내 삶

네 인생

세상은

우리가 모여 이루어지네

내가 있고

네가 있고

우리가 있고

그래, 우리 함께 살아가자

가시관 앞에서

욕심이 찬 삐죽한 마음

끝없는 죄의 고리로

뾰족한 가시를 짓누르고

붉은빛으로 물들인다

진리를 거부하는 어두운 마음

조롱하는 눈길로

끝까지 돌봐주시는 눈길을 외면하고

십자가 길로 오르게 한다

참 빛을 품은 마음

영원한 빛으로

대못을 박는 이들을 감싸 안고

온 세상을 새로이 태어나게 한다

Universe_20210527
2021
Acrylic on canvas
73x91cm

우주의 열매

세상의 꼴이 갖추어지기 전부터
우주 너머 주님의 사랑은
우리를 사랑으로 바라보고 계셨다

빛이 빛으로 내리기 전부터
우주 너머 주님의 참 빛은
고귀한 참 빛으로 비추고 계셨다

진리가 진리로 오기 전부터
우주 너머 주님의 참 진리는
영원함을 담아 열매 맺고 있었다

Universe_20210319
2021
Acrylic on canvas
53x45cm

아름다움 그 이상의 것

그냥 지나갔던 것들

그저 스쳤던 시간들

그 모든 것 안에

더 깊은 삶의 가치가 있었음을 깨닫네

너무도 평범하여 이름붙이지 않았던 것들

그 가치를 인정받지 못한 것들

아름답다고 이름 붙이지 않은 것 안에

아름다움 이상의 숭고함이 존재했네

시간이 지나야 쌓이는 것들

삶이 흘러야 깨닫는 것들

그날이 그날 같았던 하루의 반복 속에

우리가 기억해야 할 순간들이 있었네

면

너는 나에게 별이다

너는 나에게 별이다

마음 한 자락 한 자락에

들꽃처럼 만발한 꽃별이다

너는 나에게 별이다

어둠 속 홀로 별 하나지만

어둠을 이겨내게 하는 샛별이다

너는 나에게 별이다

시끄러운 세상 잠깐 멈추게 하는

고요한 우주를 열어주는 선물 같은 빛별이다

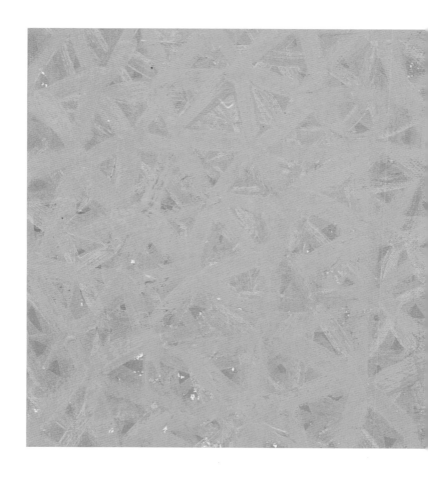

Universe_20210601
2021
Acrylic on canvas
19x25cm

Universe_20190114
2019
Oil, acrylic on canvas
162x120cm

물빛

물은 하늘을 안고
끝없이 흘러간다

물빛은 쪽빛 하늘 닮아
초록빛을 껴안는다

물은 하늘의 마음을 품고
한없이 흘러내린다

물빛은 푸른 별빛을 껴안아
푸른빛을 풀어낸다

면   133

별; 오름에서 띄우는 편지

새벽 오름에 올라

새별을 기다리며

마음속에만 아른거렸던

말로 전하지 못했던 이야기들

그 이야기들을 담아내듯

편지를 씁니다

새별 오름 * 에 올라

아름다운 당신들에게 선물처럼

소중한 당신들에게 전하고 싶었던

따뜻한 빛을 담고 싶었던 이야기들

그릴 수 없었던 그림을 그려내듯

편지로 씁니다

샛별 오름에 올라

날갯짓하며 유유히 날아가는 새처럼

자유로이 움직이는 구름이 되고 싶었던

보통의 우리에게 하고 싶었던 이야기들

지금 품고 있는 꿈이 펼쳐지듯

편지로 씁니다

"마음속

빛나는 별을 품고 사는

가장 보통의 당신에게

보통의 당신들이

세상에서 가장 빛나는 별이며,

가장 고귀한 별입니다."

면

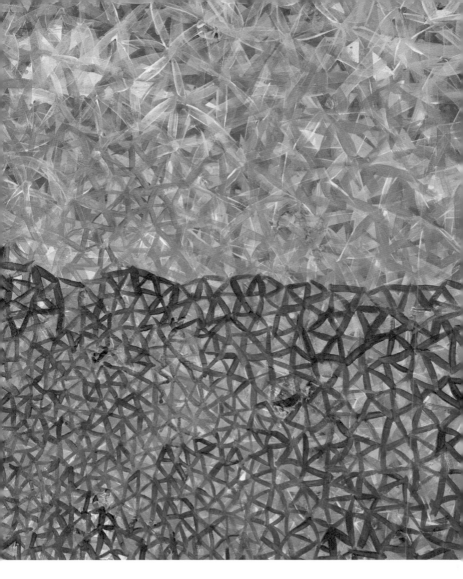

Universe_20200521
2020
Acrylic on canvas
72x60cm

신비와 경외 너머
우주적 정신성과 예술

김준기 미술평론가

Universe_20191029
2019
Oil, acrylic on canvas
65x65cm

인류는 자연의 일부이다. 문명화 이전의 인류가 자신의 존재를 자연과 분리하지 안/못했던 시절부터, 달에 인류를 착륙시키고, 태양계로 인공위성을 쏘아올리며, 우주의 나이를 138억년으로 측정하고, 관측가능한 우주의 크기를 465억 광년으로 추정하는 첨단의 과학기술 시대에 이르기까지, 인류는 여전히 유한한 생명을 가진 자연의 일부이다. 오랜 시간 동안 자연으로부터 자신들을 분리하고자 했던 인류는 그 이분법을 넘어선 새로운 세계관을 만나고 있다. 바야흐로 우주적 정신성(영성)의 시대다. 인간이라는 생명체의 유한함을 깨닫고, 인간 삶의 문제를 자연의 섭리 속에서 벌어지는 하나의 사건으로 치환하는 우주적 정신성이 새로운 세계관으로 진화하고 있다. 그것은 과학과 예술과 종교가 만나는 융합의 지점에서 우주와 생명의 이치를 만나는 새로운 패러다임이다.

우주는 인간에게 무궁무진한 서사를 제시한다. 토마스 베리 신부의 '우주 이야기'는 과학적 진리와 종교적 영성을 우주적 신비로 풀어내는 대서사를 담고 있다. 빅뱅으로부터 별의 탄생과 죽음, 그리고 그 죽음이 만들어낸 별의 먼지들로부터 나온 원소들이 다시 뭉쳐서 분자와 세포와 생명을 만들어내는 대서사를 통하여 우리는 과학적 진리의 관점으로 우주와 생명의 존재를 뚜렷하게 인식하며 동시에 그것을 신비와 경외의 영역으로 확장한다. 천동설이라는 과학적 논증을 지동설이라는 새로운 과학적 논증으로 뒤바꾸려 했을 때, 그것을 가로 막았던 기독교는 이제 지동설 수준을 훨씬 뛰어넘는 우주와 생명의 대서사를 통하여 새로운 영성의 시대를 열어나가고 있다.

이처럼 명징한 인식의 영역인 과학적 진리를 신비와 경외의 영역으로 연결하는 그 힘은 무엇인가? 우리는 그 해답의 일부를 프란치스코 성인의 말에서 구할 수 있다. '자연이 곧 하나님이다'라는 문장이 함의하는 바, '스스로 존재하는 것'으로서 자연은 우주 그 자체다. 그는 하나님을 모시는 것과 같이 자연과의 교감 속에서 우주와 생명의 신비를 깨닫고 경외하는 삶을 강조했다. 프란치스코 성인의 사상은 기독교적 세계관에 바탕을 두고 우주의 존재를 적극적으로 해석하여 인간 삶의 윤리적 지평을 넓혔다. 그것은 인격화한 유일신으로서의 하나님을 초월적 존재로서만이 아니라 우주적 존재로부터 신성과 영성을 발견하고자 한 위대한 정신성의 발현이자 인간이 행할 수 있는 최대한의 윤리적 실천이기 때문이다.

자연과 신성을 연결하고자 했던 프란치스코 성인의 생

김준기

각은 그러나 제도화한 기독교에 건강하게 뿌리내리지는 못했다. 제도로서의 종교는 인간의 삶에 어떤 영향을 미쳤던가? 특히 중동에서 발원하여 유럽에서 체계화한 기독교적 세계관은 유럽인들만이 아니라 전지구인의 삶에 지대한 영향을 끼쳤다. 제국주의의 팽창은 유럽의 물질문명만이 아니라 그들의 정신문명인 기독교적인 세계관을 전지구에 전파했다. 그것은 인격신에게 절대적 권위를 부여함으로써, 인간의 위치를 자연과의 합일이나 우주적 정신성으로부터 이탈하게 하는 결과를 낳았다. 예루살렘 성전에 똬리를 튼 그들만의 야훼가 아닌 모든 사람의 하늘님을 만나고자 했던 예수의 용감한 죽음은 부활과 대속과 영생이라는 종교 마케팅에 의해 증발해 버렸다. 과학기술 너머 새로운 세계관을 갈구하는 이 시대에 예수의 마음을 헤아리는 것은 우주적 정신성의 출발점이 될 것이다.

붓다의 가르침은 한 층 더 심오하게 우주론을 설파한다. 화엄경을 풀어서 노래한 의상대사의 시 '법성게'에는 '일미진중함시방(一微塵中含十方)'이라는 구절이 있다. '먼지 한 톨에 온 우주가 담겨있다'는 뜻이다. 전체와 부분이 서로 맞닿아있다는 이 생각은 연기론(緣起論)에 바탕을 둔다. 모든 것은 항상 서로 직접적인 인(因)이나 간접적인 연(緣)으로 관계 맺으며 성립하기 때문에 고정불변의 실체란 없다는 것이다. 인드라망은 한층 더 구체적으로 우주적 사유를 나타내는 것으로서 끊임없이 서로 연결되어 온 세상으로 퍼지는 화엄의 세계이다. 그것은 유니버스 너머 멀티버스, 즉 우주론 너머 다중우주론으로 직결한다. 현대과학이 밝혀내고 있는 물리의 법칙들을 이미 수천년 전에 예견한 불교의 우주관은 놀라울 따름이다.

기독교 문명을 서학으로 명명했던 조선시대 말에 나타난 동학은 유불선을 넘어서는 시천주(侍天主) 사상으로 새로운 우주관을 정립했다. 동학의 창시자 수운 최시형이 창시한 시천주 사상은 '하늘님을 모신다'는 것으로서, 2대 교주 수운 최시형의 '밥이 하늘이다'라거나 3대 교주 손병희의 '사람이 하늘이다'(인내천, 人乃天)라는 새로운 세계관으로 확장한다. 그것은 객관적 실재로서의 우주를 인간의 인지 영역 바깥에 두는 것이 아니라 인간의 존재 자체와 동일시함으로써, '태어나서 죽는 순간까지의' 유한한 시간대에 존재하는 생명과 '시작도 끝도 알 수 없는' 무궁무진한 시간대의 우주를 일치시킨 사상적 혁명이다. 19세기 말의 이 동학사상은 근대의 입구에서 탈근대적 융합사상을 펼친 위대한 사건이다.

여기 우주 그림을 통하여 물질과 정신, 자연과 인간, 타

김준기

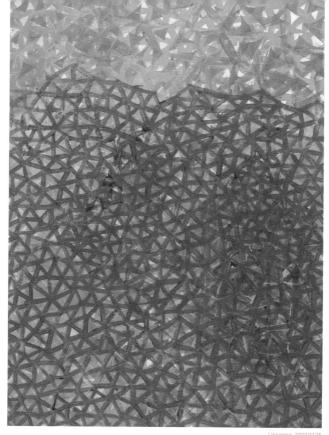

Universe_20210125
2021
Acrylic on canvas
53x72cm

자와 주체 등의 문제를 우주와 생명의 대서사로 풀어나가는
예술가 성희승이 있다. 빛과 어둠의 조화와 균형, 혼돈과 충
돌이 혼재하는 우주를 성희승은 추상적인 언어로 평면 위에

펼친다. 그것은 우주를 통하여 인간의 존재 의미를 성찰하는 우주와 생명의 대서사를 담고 있다. 우주를 그리는 성희승의 출발은 별이었다. 밤하늘의 반짝이는 별을 통하여 치유의 예술을 펼쳐왔던 그는 별이 발상하는 빛을 선으로 표현하다가 그 선의 연쇄를 우주 공간 속으로 확장하기 시작했다. 별에서 출발한 그의 우주 그림은 빛으로부터 어둠으로 확장했다. 그 결과 그는 별이라는 빛의 존재와 허공이라는 암흑의 존재의 차이를 무화하고 빛의 연장으로서 선에 빛과 어둠 양자를 함께 담아내기 시작했다.

성희승은 별 작가라는 별칭을 얻을 정도로 많은 별 그림을 그렸다. 그의 별 그림은 무한대의 암흑 속에서도 존재의 빛을 발산하는 별을 통하여 비가시적인 존재를 가시화하는 작업이다. 최초에는 면이나 선으로 이뤄진 별 도상을 캔버스에 담는 작업에서 출발했다. 그가 특정 도상을 캔버스 회화에 도입한 것은 그 이전 작업의 이력에도 담겨있다. 팝아트 계열의 회화 작품들을 해오던 그는 대중에게 익숙한 도상을 끌어들여 새로운 서사를 창출하는 작업을 해왔다. 이런 맥락에서 별 그림을 그림으로써 성희승은 인지하고는 있으나 당장 눈앞에 나타나 보이지는 않은 우주의 별을 회화 작품으로 제시했다.

김준기

유년 시절 이후에는 별(도상)을 보거나 생각할 일이 없
는 현대인들에게 희망과 위안의 예술적 소통을 이어나가던
성희승에게 우주는 필연으로 다가왔다. 별을 그리면서 빛의
연쇄를 좇아 화면 가득 빛의 연결을 이어낸 결과, 성희승이
도착한 세계는 우주 그 자체였다. 그는 빛을 그리기 시작하
면서 결국은 어둠을 그리는 역설적인 작업을 동시에 진행했
다. 빛과 어둠이라는 이분법적인 요소는 어느 한 면 만으로
는 존재가치가 없다. 어둠이 있기 때문에 빛이 있어 그 어둠
을 밝힌다. 같은 이치로 빛이 없다면 어둠 또한 그 존재를 발
현할 수 없다. 빛과 어둠이 연기론적 상호존재라는 점을 성
희승의 우주 그림은 낱낱이 드러낸다. 별빛을 그리겠다는 성
희승의 생각과 실천은 결국 어둠을 그리는 일과 동일한 것이
었다.

그의 별 그림은 어느덧 별 바깥의 공간으로 확장하고
있었다. 거대한 캔버스에 선의 연쇄로 우주를 그려내는 화가
의 마음은 결국 빛과 어둠의 이중주로 펼쳐내는 새로운 우
주예술의 세계로 이어졌다. 그것은 선이라는 조형적 요소로
부터 출발했다. 별 도상을 화면에 연출하기 위해서 필요했던
요소는 짧은 직선이었다. 별 도상은 오각형의 연결점들을 교
차 연결하는 다섯 개의 직선들로 이뤄진다. 별의 빛을 그 바

깥으로까지 확장하기 위해서 그는 비슷한 길이의 직선들을 이어나가기 시작했다. 직선들은 삼각형의 연쇄로 화면을 꽉 채운다. 전면회화의 매력은 화면 전체를 여백없이 채워서 정동의 응집력, 즉 정서적 감응을 일으키는 집중력을 높이는 데 있다.

별 그림은 기하학적 도상과 선으로부터 출발하여 우주 공간으로 확장하는 무한의 선들의 연결로 나아갔다. 그것은 마치 김환기의 우주 그림에서 느끼는 숭고함과 같이 거대한 화면에 꽉 채운 우주적 신비의 세계를 연출한다. 김환기는 작은 사각형과 점이라는 단출한 요소들로 화면 전체를 가득 채워서 밤하늘에 빛나는 수많은 별들 하나하나를 캔버스에 담아냈다. 김환기 작품에서 나타나는 전면회화의 특성을 성희승도 그대로 갖고 있다. 그는 중심과 주변, 사물과 여백의 경계를 두지 않고 빛을 상징하는 짧은 선들의 연쇄로 화면 가득 채운다. 일체의 여백도 없이 전면을 꽉 채운 빛과 어둠의 선들은 그대로 밤하늘의 별이 되고 우주가 되었다.

성희승의 별 그림은 물론 회화적 재현이 아니라 상징적 표현이었다. 현대미술에서 상징적 도상을 캔버스 위에 재현함으로써 회화적 표현을 시도하는 경우가 종종 있었다. 대중들에게 가장 익숙하게 알려진 도상을 현대미술계에서, 그것도 다른 매체도 아닌 회화적 표현에 있어 중심적인 매체로 사용한다는 것은 그리 흔한 일이 아니었다. 하지만 성희승은 과감하게 별을 그려 별 그림으로 자신의 작업 여정에 한 매듭을 지었다. 이제 그의 회화에서 별은 사라졌지만, 그 별은 선을 통하여 우주 그림으로 확산했다. 마치 별이 사라지면서 성운을 남기고 그 속에 무수한 원소들을 남기듯 별 그림은 우주 그림을 낳았다.

성희승은 별 그림이라는 팝아트로부터 우주론을 담은 추상미술로 진화했다. 그는 별 도상을 끌어 들였던 최초의 발상으로부터 벗어나 별 도상을 해체하여 선으로 풀어냈고, 그것을 삼각형의 네트워크로 연결했다. 성희승의 삼각형은 삼중구조에 입각한 철학적 의미를 가진다. 삼각형은 수많은 의미를 담고 있다. 아침과 점심과 저녁, 어제와 오늘과 내일, 성부와 성자와 성령, 하늘과 땅과 인간, 너와 나와 우리 등 3이라는 숫자에 담긴 무수한 상징들을 응축하여 무한과 영원의 세계인 우주를 담아내는 기본 틀로 삼았다. 이러한 삼각형의 네트워크는 중심과 주변이 없는 구조이다. 삼각형의 네트워크로 가득 찬 성희승의 우주 그림은 특정한 중심이 없이 그 에너지가 골고루 퍼져있는 우주의 실재와 닮아있다.

성희승의 우주 그림에는 혼돈과 조화가 공존한다. 그림

전체는 우주적 질서를 보여주지만 그 내부의 부분들에는 혼돈의 요소가 담겨있다. 그의 그림을 부분적으로 확대해서 들여다보면 삼각형을 이루는 무수한 선의 연쇄로 이루어져 있다. 규칙적인 패턴의 반복을 통하여 화면 전체는 거의 균일한 요소들로 가득 차 있는 전면화 양상을 보인다. 그런데 삼각형을 이루는 그 선들은 단 한 번도 같은 것일 수 없다. 동일한 틀을 만들어 새겨 넣지 않는 한, 화가의 손으로 그리는 선은 매번 동일한 방법이지만 상이한 결과를 낳는다. 무수한 동어반복 속에서 나타나는 부분의 차이들을 통하여 그는 우주란 얼핏 보면 같은 모습으로 멈춰있는 것 같지만 끊임없이 활동운화(活動運化)하는 존재라는 점을 각성하게 해준다.

김준기

Art studio
2020

그의 그림들은 단조로움과 격렬함을 함께 가지고 있다. 그것은 추상회화의 일반적인 문법과는 조금 다른 대목이다. 단색으로 이루어진 우주 그림은 색의 명도와 채도에 따라 화면 위에 리듬을 부여한다. 다색의 우주 그림은 단색의 리듬 위에 멜로디를 더해서 더욱 깊은 우주의 세계를 펼친다. 그 멜로디는 저 넓고 깊은 세계를 향해하여 우주적 하모니를 펼친다. 성희승 그림의 운동적 에너지를 살려주는 또 하나의 요소는 '펄감(pearl感)'의 물성이다. 펄 색조를 사용하여 부분적으로 반짝이는 효과를 냄으로써 우주 서사에 신비의 변주를 더해주고 있기 때문이다. 이런 이유로 그의 그림은 고정된 장소에서만이 아니라 움직이면서 그림을 관찰했을 때 더욱 더 흥미롭게 다가온다.

길이 6미터에 이르는 대작 <Universe_20210527>은 성희승의 우주 그림을 대표하는 득의작이다. 거대한 화면을 가득채운 수많은 단선들은 동일성의 반복 속에서 고요하고 부드럽게 우주의 조화와 질서를 보여주는 것 같아 보인다. 하지만 그것은 뒤로 멀찍이 물러나서 그림 전체를 시야에 넣을 수 있을 때의 이야기다. 그림 가까이로 바짝 다가서서 들여다보기 시작하면 그 고요함과 부드러움은 곧 혼돈과 충돌로 뒤바뀐다. 가까이 다가선 관람자에게 이 그림이 보여주는

김준기

것은 선 하나하나에 담긴 수많은 차이들이 어지럽게 널려있다. 화면 위를 스치고 지나간 붓질 하나하나에는 길고 짧음, 경쾌함과 묵직함, 셈과 여림, 느림과 빠름이 있다. 장단과 경중, 강약과 완급이 골고루 퍼져있는 그의 선들에는 또한 밝음과 어두움, 화려함과 차분함, 명암과 색채의 변화들이 뒤섞여 격렬한 운동에너지들을 가득 안고 있다.

성희승의 회화술은 특정 대상을 옮겨 그리는 재현의 회화술보다는 동일한 패턴을 무수히 반복하여 그리는 과정으로서의 그리기, 즉 수행성의 회화술을 지향한다. 화가들은 행위의 반복을 통하여 그림을 그리고 있는 자신의 의식 너머에 있는 또 다른 자신을 만나는 경험을 무아지경으로 표현하곤 하는데, 성희승의 대작을 보면 아마도 그러한 경지에 도달했을 것 같다는 생각이 들 정도로 그 밀도와 수량과 집중력이 어마어마하다. 물성 실험과 변용, 집요한 그리기 등과 같은 본격 근대기 패러다임이 한참 철지난 얘기인 것처럼 보이는 오늘날에도 여전히 성희승과 같은 화가의 저 붓질은 회화적 방법론 이상의 의미와 가치를 가진다. 그것은 우주와 생명, 별과 인간의 연결을 생각하며 구도자와 같은 자세로 그림을 그리는 화가에 대한 존경과 감사의 마음이다.

세월호 아이들의 그 아까운 목숨들이 온 국민이 보는

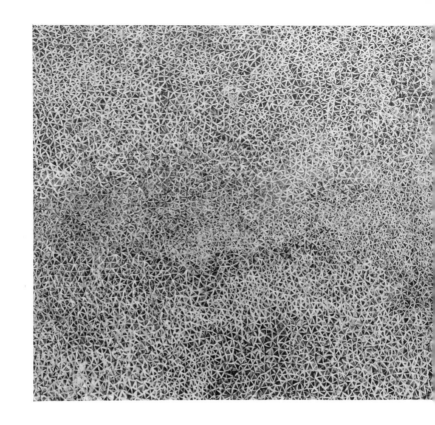

앞에서 사라져갔을 때, 형언할 수 없는 깊은 슬픔에 빠져 들었던 기억이 있다. 눈을 뜨고 뻔히 보면서도 아무것도 할 수 없이 맞이해야만 하는 어처구니없는 사고를 우리는 재난이라고 한다. 재난 앞에서 인간은 한없이 작아지며 그 상황에

김준기

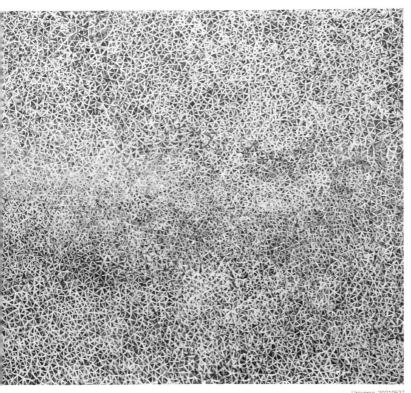

Universe_20210527
2021
Acrylic on canvas
600x280cm

대한 이성적인 분석이나 감성적인 분노에 앞서 무기력함과
슬픔에 잠길 수밖에 없다. 세월호 죽음을 맞아 절망에 빠져
있던 나는 그 아이들이 하늘의 별에서 왔고, 다시 하늘의 별
이 되었을 것이라는 과학자들의 이야기를 듣고, 우주 서사의

신비와 경외가 숭고함으로 연결된다는 것을 깊이 체험한 바 있다. 과학기술의 시대에도 여전히 하늘과 별은 숭고의 감정과 직결한다.

인류는 자신의 힘으로는 어찌해볼 수 없는 거대한 힘에 짓눌리는 상황에 직면하면서 살아왔다. 벗어날 수 없는 압도적인 힘 앞에서 좌절하고 절망해온 인류가 고안해낸 심리 기제들 가운데 숭고라는 감정이 있다. 극도의 슬픔과 공포와 무력감 등을 넘어서게 해주는 숭고는 감정의 한계 상황을 해소해주는 초월적 기제로 자리 잡았다. 이제 숭고는 예술적 표현의 중요한 동기이자 목표로 작동하고 있다. 숭고미를 촉발하는 소재이자 주제가 바로 하늘과 별이다. '별이 빛나는 밤'을 그린 고흐가 있고, '별을 노래하는 마음으로 죽어가는 모든 것을 사랑'했던 윤동주가 있고, '어디서 무엇이 되어 다시 만나랴'라고 읊은 김광섭이 있고, 캔버스를 가득 채운 무수한 점의 연쇄로 무한의 우주를 그려낸 김환기가 있고, 우주의 신비와 경외를 그려낸 한묵과 이성자가 있다.

이렇듯 하늘과 별, 우주에 대한 신비와 경외는 숭고의 예술을 통하여 인간 존재를 성찰하는 하는 계기를 준다. 우주를 이야기하는 예술은 우주적 정신성의 세계로 나아간다. 예술이 세계에 대한 합리적 이해의 틀을 넘어서 도달하고자

김준기

하는 정신성의 세계, 즉 우리가 지금으로서는 미처 다 헤아리지 못하는 미지의 세계에 대한 신비와 경외를 남겨놓고 있다는 사실을 깨닫게 해준다. 저 거대하고 무궁한 우주를 대면하여 성희승은 숭고와 초월이라는 이상을 지향하며 용맹정진한다. 수천 수만 번의 선을 그으면서 성희승은 우주의 신비와 경외를 생각하고 또 그 너머 우주의 정신성을 성찰하는 우주예술로 나아가고 있다.

첨단의 과학기술로 우주의 크기와 나이를 측정하는 시대이다. 지구와 태양계와 우리은하가 속한 우주의 바깥에 또 다른 우주가 헤아릴 수 없이 많이 존재한다는 다중우주 이야기 또한 신비와 경외의 영역을 넘어 과학적 논증의 단계로 진화하고 있다. 우주(Universe) 너머의 다중우주(Multi-verse)가 일반인들의 상식적인 지식으로 받아들여지고 있는 형편이고 보면, 인간의 관심사는 현실적 존재, 즉 현실태를 넘어 가능적 존재, 즉 가능태에 대한 성찰로 이어진다. 그것은 단일한 현실태로서의 우주가 아니라 다원적인 가능태로서의 다중우주에 대한 헤아림이다. 허블망원경이 펼치는 우주쇼 이상의 예술적인 표현과 다중우주론을 넘어서는 정신적 통찰을 모색하는 전환점에서 성희승의 우주예술이 자라나고 있다.

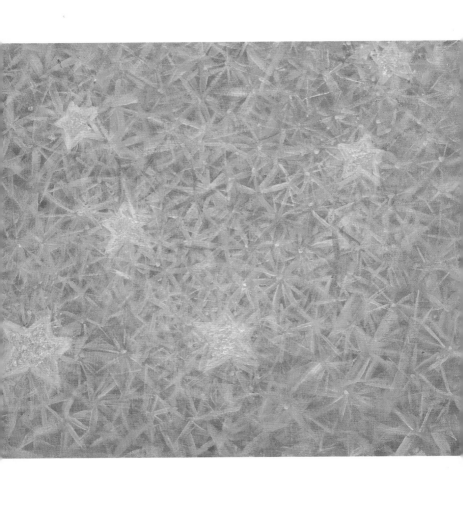

Universe_20190816
2019
Oil, acrylic on canvas
90x60cm

재현의 바깥

황록주 경기문화재단 학예연구사, 미술평론가

Universe_20210527
2021
Acrylic on canvas
10x10cm

성희승의 작품이 우리에게 보여주는 화면은 특정하게 각인된 기억이나 구체적 형상이 드러나는 장면이 아니다. 손에 도구를 쥐고 그것을 움직일 힘만 있다면 누구나 그릴 수 있는, 점과 선으로 이루어진 최초의 도형인 삼각형이 그저 끝없이 늘어서 있을 뿐이다. 더구나 그 삼각형은 여러 색깔로 층위를 이루고 있다. 무한히 이어져 있는 선을 따라 눈을 옮기다 보면 어느새 화면의 끝을 바라보고 있고, 그곳에서 다시 이어진 선과 그 선이 만들어내는 삼각형을 따라가다 보면 화면의 한 가운데를 향해 서 있다. 작품 앞에서 선과 도형이 이끄는 대로 이쪽저쪽을 천천히 옮겨다니며 매우 작거나 또는 몸의 크기를 넘어서는 사이즈의 화면을 마주하다 보면 문득 화면 속의 한 곳에 시선을 멈추고 숨겨진 층위의 깊이로 무한히 빨려 들어가기도 한다.

　　시작과 끝을 구분할 수 없으며, 무엇이 중심이고 주변인지를 굳이 나누지 않는 그림. 화폭에 자리잡고 있는 그 어떤 조형적인 요소들도 서로 위계를 갖지 않는 평등한 화면. 그리고 평면을 가득 채운 여러 층위의 삼각형이 우주의 가장 근본적인 형태의 비밀을 품은 프렉탈 이미지로 무한히 증식해나가는 모습으로 가득 차 있는 그림. 우리는 지난 반세기 남짓한 시간 동안 유사한 조형적 모티프들이 구체적인 질서나 구

재현의 바깥

조적 체계 없이 화면을 채우고 있는 이러한 그림을 '전면화 (all-over painting)'라 불러왔다. 오랫동안 그림은 무언가를 재현하는 과업에 충실해왔고 누가 더 실재같은 이미지를 완성할 수 있는가를 두고 경쟁해왔지만 전면화에 이르러 그림이 재현하거나 지시하는 것은 화면이 지닌 '평면성' 그 자체일 뿐이라는 단순하고도 명료한 진실의 순간에 다다른다.

성희승의 그림은 전면화라는 현대미술의 주요한 장면이 지닌 이러한 고유성과 가치의 DNA를 깊숙이 공유하고 있으면서도 그곳에서 한 발 더 나아가고 있다. 언뜻 보면 동일한 방법으로 화면 전체를 구성해놓은 전면화이지만, 크기와 색채의 미세한 변화들이 생성해내는 각각의 장면들은 그 무엇보다 다채로운 삶의 이야기를 이끌어내고 바로 그 순간 각자의 모습과 마주하게 되는 경험을 하게 만든다. 색상의 변주도 다채롭다. 부정할 수 없는 감성을 불러일으키는 원색부터 깊이를 가늠하기 어려운 색, 극한의 명도와 채도의 대비를 가진 색이 각기 다른 이야기를 담고 서로 다른 층위를 이루며 화면이 가진 물리적인 한계를 넘어서고 있다. 특히 '별 작가'라는 작가의 별칭을 떠올릴 수 있을 만큼 작가가 더러 사용하는 빛나는 안료는 화면의 어떤 부분들을 공간이 지닌 빛의 상황이나 감상자의 위치에 따라 미묘하게 시선을 이

황록주

끌어내기도 한다.

화면을 구성하고 있는 선들은 그 어느 것 하나 홀로 있지 않고 끝없이 이어져 있다. 어느 지점에서 잠시 머물다가도 이내 다른 선으로 시선을 옮기는 과정을 반복하다 보면 우리는 어느새 작품 앞에 서 있는 '세계 내 존재로서의 나'를 무한히 연결되어 있는 어떤 시각적 총체 안에서 경험하게 된다. 무언가를 인식한다는 것은 나의 바깥을 하나하나 경험하고 규명해나가는 것으로부터 시작한다. 생명을 갖고 태어난 바로 그 순간부터 우리는 몸이 지니고 있는 온갖 감각을 동원하여 세밀한 인식을 축적해나가는 지난한 과정을 거쳐 정보를 체계화하고 그로부터 파생된 세계의 형태를 스스로 구성해나가는 것이다. 그러므로 동일한 물리적 환경 속에서도 경험의 질과 양, 그것을 이끄는 저마다의 조건에 따라 우리들 모두의 세계는 놀랍게도 각기 다른 모습을 지니게 된다.

바깥의 세계가 하나씩 규명되어 갈수록 '나'라는 존재 또한 모습을 갖춰나간다. 작은 의미 하나까지도 반복하여 떠올리고 기억해내는 것을 통해 점차 더욱 명료해지는 인식의 과정에서 그림은 인간의 수많은 활동 중에서도 그러한 세계의 무한한 모습을 시각적으로 구현하고 스스로에게 각인시키는 일이다. 누구나 그림을 그릴 수 있지만, 그 중에서도 화가는 그 자신의 경험에 따라 구성된 '나의 바깥', 혹은 그 '바깥과의 관계'를 가장 주관적인 방법으로 철저하게 객관화하여 그림을 보는 이들 각자가 스스로의 세계를 마주할 수 있게, 혹은 그 세계 안에 스스로 서게 하는 역할을 한다. 예술가는 우주의 한 가운데서 막막한 삶 속에 길을 잃은 이들의 눈앞에, 인식된 총체로서의 나 자신을 바라보게 하는 거대한 거울을 들이미는 불편하고도 필수불가결한 역할을 가하는 존재인 것이다.

그런 의미에서 성희승 작가의 작품은 '재현'이라는 오랜 과제를 수행하는 화가로서 바로 그 '바깥' 혹은 '바깥과의 관계' 자체를 재현하고 있다고 볼 수 있다. '재현'의 바깥을 그려내고 있다고 해도 좋겠다. 같은 맥락에서 어쩌면 작가는 애초에 재현할 수 없는 것을 그리고 있는지도 모르겠다. 몸의 감각으로는 도저히 파악할 수 없는 우주와 그 안에 담긴 질서는 많은 이들에게 신의 형상으로 물질화되기도 하지만 인지의 영역을 벗어나 있으므로 재현의 대상으로 삼기에는 분명 한계가 있다. 그러므로 작가는 오히려 재현하겠다는 의지, 재현해낼 수 있다는 오만을 내려놓고 다만 인지 너머의 그것이 존재하고 있음을, 감각의 증명 없이도 분명히 존재하고 있는 그 상태를 겸손하게 담아내고 있다. 깊이를 알 수 없

황록주

도록 구조화된 우주, 모든 열정과 시간을 쏟아내어도 밝혀낼 수 없는 무한의 시공간 앞에서 늘 미약한 물리적 존재로 살아야 하는 우리를 위로하듯 작가의 그림은 세계를 인지하는 순간 스스로 인지하게 되는 바깥과 나의 관계를 구체적인 형상이 아닌 아름다운 구조의 총체인 프렉탈로 구현해냄으로써 담대히 삶의 정수와 마주하게 한다.

이 장엄한 거울을 선사하기 위해 작가는 때로는 고요하게 때로는 과격하고 거칠게 한 점에서 다음 점으로 이어져나가는 무수한 붓질을 통해 미지의 우주를 향해 한 발 한 발 나아가는 구도자의 반복적 수행과도 같은 작업을 지속해나간다. 새로운 붓질은 기존의 그림을 끝없이 덮고 지우는 과정 속에서 서로 끈끈하게 하나가 되는 것이다. 이 과정에서 그림 속에 존재하는 셀 수 없이 수많은 층위들은 보일 듯 말듯, 숨겨진 듯 드러날 듯 서로를 덮고 가리고 은근히 드러내는 방식으로 겹쳐져 있다. 그들은 각자의 위치를 굳건히 지키면서도 서로에게 말을 걸고 때로는 간섭하고 속박하면서 단 하나로 설명해낼 수 없는 의미를 만들어낸다. 작가가 우리에게 들이민 작품이라는 거울은 그렇게 우리들의 모습, 우리가 서로 연결되어 있는 상황을 다양한 방식으로 또한 각자의 조건에 따라 다채로운 형태로 규명해내고 있다.

재현의 바깥

작가는 이 작품을 빛과 별, 그리고 우주로 명명한다. 특별히 이번 전시의 출품작들은 우주 옆에 괄호를 표기하여 그것이 수많은 누군가의 우주로 변화할 수 있다는 가능성을 담아낸 것으로 보인다. 동일한 작품을 보고 있지만, 우리가 느끼는 감정은 서로 다르고 화면 안에서 각자에게 의미화되는 위치도 다르다. 동일한 모티프가 온 화면을 뒤덮고 있지만, 누군가는 푸른 안료에서, 누군가는 먹물이 스미듯 어두운 화면에서, 또 누군가는 몸을 뒤덮는 거대한 화폭 안에 있는 언뜻언뜻 말을 걸어오는 어떤 장면 속에서 각자 자신의 모습을 바라보게 된다. 우주는 바로 그 다양한 존재의 총합이자, 더 많은 것들을 향해 열려있는 가능성이다. 별로 상징되는 우주가 그토록 오랜 기간 동안, 또한 앞으로도 오래도록 예술가들의 탐구 영역일 수밖에 없는 이유가 바로 여기에 있다. 그리고 그것이 바로 '별 작가' 성희승이 펼쳐낼 우주론적인 지평을 더욱 기대하게 되는 이유이기도 하다.

황록주

Workroom
2020

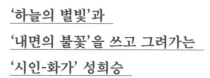

'하늘의 별빛'과
'내면의 불꽃'을 쓰고 그려가는
'시인-화가' 성희승

유성호 한양대학교 인문대학장, 문학평론가

우리에게 잘 알려진 비평가 루카치는 "별이 빛나는 창공을 보고 갈 수가 있었고 또 가야만 하는 길의 지도를 읽을 수 있었던 시대는 얼마나 행복했던가? 그리고 별빛이 그 길을 훤히 밝혀주던 시대는 얼마나 행복했던가?"라는 서정적 문장으로 『소설의 이론』 첫머리를 채웠습니다. 그는 밤하늘의 별이 지도가 되어주던 시대를 회상하면서 그것이 궁극적으로 인간이 되돌아가야 할 길임을 설파하였고 "하늘의 별빛과 내면의 불꽃"이 완전하게 한 몸을 이루었던 시대를 우리의 기억 속에 불러주었습니다. 이때 '하늘의 별빛'은 초월적이고 신성한 질서를 상징하고 '내면의 불꽃'은 신성을 향해 상승하고자 하는 인간의 의지를 비유합니다. 성희승은 이러한 '별(빛)'의 낭만적이고 심미적인 아우라(Aura)를 통해 이 불모의 땅을 비추고 초월하려는 탁월한 예술적 상상력을 우리에게 줄곧 보여준 '시인-화가'입니다.

어린 시절 창가에서 바라보았던 밤하늘의 별을 타오르는 내면의 등가적 비유체로 불러온 그녀는 그 가운데서도 유난히 반짝이던 푸른 별을 자신만의 소행성으로 상상하면서 푸른 별을 닮은 그림을 그려갔습니다. 그 점에서 '별'은 그녀의 아득하고 아름다운 과거이자 첨예하고 뜨거운 미래였을 것입니다. 이는 생텍쥐페리의 유명한 『어린 왕자』에 나오는 별의 삽화가 성희승 버전으로 번져가는 순간이 아닐 수 없습니다. 그렇게 '그림'은 그녀에게 별빛이 되어주었고 '시'는 사막 한가운데 있을 오아시스를 향해 그녀를 이끌어간 힘이 되어주었습니다. 지금도 그녀의 그림은 "어둠속에서도/세상을 깨우는 빛이 탄생해/존재를 존재케 하는" 과정을 보여주면서 "사막의 나그네가 발걸음을 재촉하듯/또 다른 미지의 작품을 향해/걸어 나간" 순간을 함축해주고 있고, 그녀의 시는 "고요한 우주를 열어주는 선물 같은 빛별"을 가득 품으면서 "작고 작은 마음들이 모여/그림의 한 획을 긋듯 세상을 그려나간" 고백의 언어로 다가오고 있습니다. 누군가 붙여준 '별작가'라는 칭호야말로 그러한 그녀의 예술적 집념과 특권을 반짝이게 하는 내면의 상(像)일 것입니다.

　　서정시의 기억이란 시인이 스스로 지나온 시간을 형상화하려는 의지에서 비롯하는 것이고 항상 시인 스스로의 경험에서 유추하는 새로운 발견의 순간을 담아가게 마련입니다. 성희승의 시는 '별빛'이라는 심상을 통해 우리로 하여금 새로운 발견 가능성을 꿈꾸게끔 해줍니다. 시인 스스로의 경험을 재생하는 기억의 원리를 통해 그녀는 '별빛'이라는 상징이 가지는 미학적 몫을 아름답게 감당한 것입니다. 그렇게 성희승은 자신만의 구체성 있는 경험을 통해 세계와 내면에

　　　　　　　　　　　　　　　　　　　유성호

서 일고 무너지는 감각과 사유를 다양하게 재생하고 반영하는 데 정성스런 공을 들입니다. 그 감각과 사유는 삶의 경이로운 발견 과정을 현상하면서 우리가 무심하게 지나치는 현상에 독특한 체온과 색상과 이름을 부여함으로써 그녀만의 정명(命名) 작업을 아름답게 펼쳐갑니다. '시인-화가'로서의 성희승이 환하게 펼쳐지는 순간입니다.

이처럼 그녀가 쓰고 그려낸 '별'은 척박한 우리 시대를 밝혀주는 상상적 지남(指南)의 역할을 찬란하게 수행하는 심상입니다. 순수미술의 극치 속에서 아슬하게 빛나는 그 빛은 그 자체로 성희승의 내면에서 타오르는 불꽃을 암시합니다. 이때 그녀의 글썽이는 시선과 그 속에서 깊어지는 별 사이의 거리야말로 그녀가 품고 있는 아득한 사랑의 깊이가 아니겠습니까? "지구의/가장 고독한 빛/그 빛/한가운데로" 천천히 걸어가면서 푸른 별을 기다려온 그녀의 오랜 시간은 이처럼 모든 이들의 마음속에 전하고 싶었던 그녀만의 마음을 비추어줍니다. 우리 스스로도 "마음 깊은 곳에 모닝스타, 샛별, 새별을 품고 살아가고 있음을" 알아가면서 그녀의 그 절실함을 따라 이 가파른 시대를 걸어갑니다. 고맙고 소중한 성화백의 그림과 시로 하여 우리의 예술적 감성이 한껏 피어나게 되기를 마음 깊이 소망합니다.

건축가가 본 작가 성희승

강병준 인제대학교 교수, 건축가

Universe_20210205
2021
Acrylic on canvas
45x45cm

'달마가 동쪽으로 간 까닭은?'이라는 영화를 1980년대 끝자락에 아버지와 같이 본 기억이 있다. 내 나이 20대 말, 아버지와 둘이서 영화관에 영화를 보러 간 것은 그 때가 마지막이었다. 영화를 보고 나오면서 그 아련한 장면 장면에 다소 상기된 나는 내용 분석을 아버지에게 열심히 말씀드렸다. 한참이나 듣고 계시던 아버지는 분석하기 전에 그냥 바라볼 줄 알아야 한다고 내 말을 끊으셨다. 나에게 무안하고 부끄럽기도 한 기억으로 남아있다. 시간이 조금 지나 나는 그 영화의 연출자였던 배용균 감독, 당시 대구 효성여자대학교 교수를 만나고 싶었는데 의지가 강하지 못해 실천하지는 못했다.

독일의 철학자 쇼펜하우어의 저서 <의지와 표상으로서의 세계> 에 나오는 한 구절 '음악은 완벽한 철학이다.'를 접했을 때 그냥 '바라본다.'라는 것과 '아름다움에 대한 인간의 반응'에 대해 다시 생각하게 되었다. 나름으로 해석은 "무언가의 아름다움이 왜 아름다운가에 대해 완벽하게 언어로 표현할 수 있다면 철학이라는 학문이 존재하지 않았을 것이다"이다. 정성적인 것을 정량화할 때 무수한 오류에 대해 과학은 무책임하다. 이것은 소쉬르가 기호를 시니피앙과 시니피에로 분류한 것과도 일맥상통한다고 여겨지는데 이 두 개의 다름에 집착하면 정신병을 초래한다는 자크 라캉의 말이 이를 증명한다. 인지와 지각에 대한 견해도 이와 궤를 같이한다. 경험이 없이 감각으로 전해지는 인지와 달리 지각은 경험을 통해 얻은 지식과 감각이 사물의 판단에 모두 작용한다. 그렇다면 아름다움은 어떻게 판단되는가? 쇼펜하우어는 이 질문에 대해 인간이 시공을 초월하여 공유하는 美의 판단으로 답한다. 즉, 시공을 초월하여 많은 이들이 아름답다고 생각하는 것, 그것이 회화이건 영화이건 또 건축이건, 또 우리가 매일 접하는 사람들의 모습이건 간에 인류가 누대에 걸쳐 의식과 무의식으로 공유하는 아름다움에 대한 느낌이 분명히 존재한다는 것이다. 개인적인 경험이 객관성을 획득할 때 아름다움은 그 힘을 갖는 것이 아닌가.

작가 성희승의 작품들은 시기에 따라 다소 엉뚱하고 생경하다. 그것은 일관성에 대한 문제인데, 그녀의 작품에서 일관성은 찾기가 힘들다. 광기가 비치는 가 하면 다시 정적으로 치닫는다. 자신이 누구인가에 대해 그 뿌리를 찾는 모습이 단테의 신곡에서 보이는 선과 악에 대한 궁극적인 질문을 찾기 위해 자신을 쥐어짜는 것으로 보인다. 초기의 실험적인 작업과 마지막 전시회에서의 고요함은 한 작가의 작품들인지 전체를 같이 보지 않으면 금방 알 수 없다. 그럼에도 불구하고 더 깊이 바라보면 하나의 중심된 화두에서 고민하는 것을 볼

강병준

수 있다. 그것은 '공간' 이다. 많은 작가가 공간에 대해 말하고 싶어 한다. 마찬가지로 성희승은, 그것이 분명 무의식에 기인하는 것으로 보이는데, 자기가 생각하고 있는 특별한 공간에 동물적으로 집착하고 있는 것으로 보인다. 정제되고 쉽게 읽히지 않지만 무서운 집착으로 그것을 만들어 가고 있다. 그것은 마치 건축가가 어떤 건축이 특별한 장소에 자기 건축을 정박시키려는 것과 마찬가지로 자기 작품을 그것이 만들어지는 시간에 묶는다. 렌조 피아노의 건축이며 스티븐 홀의 건축처럼 건축물이 서있는 그 땅에만 있을 수밖에 없도록 장치한다.

초기의 다소 팝적이고 키취적인 시도에서부터 최근 보이는 것과 보이지 않는 것에 관한 탐구에 이르기까지 모두가 공간에 대한 집착이 선명하다. 팝아트와 프러서스나 20세기 말 실험적인 많은 전위예술을 넘어 광기를 캔버스에 고스란히 담아 놓는다. 캔버스 안에서 작가의 이야기는 밖으로 나오기도 하고 또 안으로 더 숨기도 한다. 작가가 만든 공간 안으로 들어가느냐 아니면 멀리서 바라보느냐는 오롯이 보는 이의 몫으로 작가는 남긴다.

도록을 통해 본 뉴욕과 런던에서의 초기 작품들은 데이빗 린치와 박찬욱의 공간이 교차되어 있다. 보는 이들을 그 공간 안으로 초대하는데 그 공간은 쉽게 들어갈 수 없도록 만

Universe_20200501
2020
Acrylic on canvas
290x275cm

들어 두었다. 작가가 만든 그 공간은 절대 쉽지 않은 초대로
당혹스럽다. 이어지는 별의 연작을 보면 장난스럽다. 작가는
추상과 키취가 만들어내는 3차원의 공간을 캔버스에 압축시
켜 놓는다. 아이의 눈으로 하늘을 보는 것, 그래서 그것을 투
사 projection 하는 것으로 그림들은 관객을 애들로 만든다.
공간은 이제 밖에만 존재하고 캔버스에는 밖을 보라는 메시
지만 남겨 둔다. 쿠엔틴 타란티노 영화처럼 이것은 과장이라

강병준

고 말한다. 우주에 대한 최근 작품들은 관객과 공감 empathy 하려는 작가의 노력이 역력하다. 캔버스 안에서 수없이 많은 이야기의 팽창과 수축이 자유롭고 단편과 서사가 공존한다. 작품들은 벅민스터 풀러의 정형화된 구조들부터 프랭크 게리의 자유 형태로 뒤엉켜 켜켜이 그 두께를 보이는 것이 마치 평면, 단면, 알베르트 사르토리스의 엑소노메트릭 그리고 구조도면이 공존해서 2차원을 넘어 4차원까지의 여정을 표현하고 있다.

작가 성희승의 다음 여정을 예측할 필요도 없고 할 수도 없다. 한 건축가로서 또 한 인간으로서 작가가 마음의 모든 것을 캔버스, 혹은 구조물에 쏟아 '내가 아름다움을 보았다.'라는 마음을 내려놓는 순간 그녀가 가진 모든 에너지가 빛으로 되어 나올 것을 나는 기대한다. 시간이 지나면서 보이는 작가의 작품들에서 내가 가지는 한 가지 믿음이 있다면, 언젠가는 그녀가 당나라 승려 조주가 말했듯 방하착放下着하는 날이 올 것이란 것이다.

성희승 작품의 우주관 해석

윤동환 배우

Universe_20190405
2019
Acrylic on canvas
38x46cm

별작가 성희승 우주를 보다

성희승 작가는 별작가로 알려져 있다. 그런 그녀가 우주를 그리기 시작했다.

별은 우주에 자리잡고 있으므로, 그녀의 작품을 별들이라고 부르거나 우주라고 부르거나 마찬가지라고 할 수 있다. 그녀의 관심이 별과 우주에 향해 있다는 것은 흥미롭다. 별이 있는 우주는 존재의 바탕이다.

우주에는 시간과 공간의 개념이 공존한다. 시간적으로는 과거 현재 미래의 무한한 흐름이고, 공간적으로는 무한한 공간이다. 시간과 공간의 교차점들이 우리 세계를 구성한다. 그 시공의 교차 지점에서 삼차원의 우리 인간들은 살고 있는 것이다.

4차원으로 가면 과거 현재 미래는 따로 존재하지 않게 된다. 영화 '인터스텔라' 혹은 '12 몽키스' 등을 보면 시간을 뛰어넘어 왕래할 수 있는 차원이 존재한다. 복수의 동일 주체가 무수한 여러 가능성의 세계를 살아가고 있다는 평행 우주 이론을 생각하다 보면 더 나아가 프랙탈 이론 혹은 불교 화엄경에 나오는 인드라 망 세계관을 생각하지 않을 수 없다.

화엄경의 사상을 요약한 의상 대사는 법성게에서 이렇게 표현했다.

일중일체 다중일. 일즉일체 다즉일.

일미진중함시방. 일체진중 역여시.

하나 속에 일체 세계가 있고. 일체 속에 하나가 있다.

하나가 일체이고. 일체가 하나이다.

하나의 먼지 속에 시방 세계가 존재한다.

일체 각각의 먼지 속에도 또한 시방세계가 존재한다.

인드라 망 이론은 곧 프랙탈 이론이다. 세상은 무한한 날실과 무한한 씨실이 교차되어 이루어지는데, 날실은 시간이고 씨실은 공간이다. 교차점에는 모든 외부의 상황을 비추어 반사하는 구슬이 달려 있다. 그것은 인간을 의미한다. 무수한 인간들이 우주의 시공의 교차점에 탄생하여 무한한 우주를 반사하면서 존재한다는 것이다. 각 구슬은 거시적 일체 세계를 포함하는 작은 미시적 세계이다. 전체성 혹은 신성과 오버랩 되는 개체적 인간이다.

극의 합일 coincidencia oppositorum

'극의 합일'은 서로 반대되는 것들이 서로 통한다는 것을 의미한다. 음양, 남녀, 선악 등의 반대되는 것들이 서로

Universe_20200424
2020
Acrylic on canvas
53x53cm

통합되고 합일을 이룬다는 것을 의미한다. 이것은 양이 극할 때 음이 시작되고 음이 극할 때 양이 시작된다는 의미도 내포한다. 인간이 깨닫는다는 것은 바로 '극의 합일'을 깨닫는 것이다. 즉 색이 공이고 공이 색임을 깨닫는 것이다. '색즉시공 공즉시색'을 깨닫는 것이다. 힌두교적 용어로 '범아일여', Ayamatma Brahma. 즉 아트만이 브라흐만이라는 진리를 깨닫는 것이다. 개인 차원의 영혼과 우주적 영혼이 하나로 통합된다는 것 혹은 인간과 신이 하나가 된다는 것을 깨닫는 것이다. 인간이 신과 하나임을 깨닫는 것이다.

성희승 작가의 감수성은 바로 화엄경의 인드라망 우주론과 힌두교 우파니사드의 범아일여 사상을 통섭한다. 무한 반복의 삼각형, 사각형, 육각형 도형들은 화면 밖으로 계속 이어지는 무한한 선들에 연결되어 있다. 개별자들이 신과 연결되듯이 말이다. 각각의 도현들은 현상 세계에 현상으로 나타나는 개별적 존재들이다. 각각의 개체들은 서로 이어져서 존재하고, 또한 그렇게 우주 전체와 이어진다. 그리고 그들이 우주가 된다. 화면 속에서 뿐 아니라 화면 밖으로 이어지는 우주가 된다. 이렇게 그녀의 작품은 우주가 된다.

성희승 작품의 변주

그녀의 작품은 우주의 불변성과 변화성을 동시에 보여준다. 동일한 반복적 패턴은 우주의 불변성을 보여주고, 각 작품의 독특한 표현은 우주의 변화성을 보여준다. 같으면서도 다른 것이다. 반복과 차이인 것이다.

우주는 항상적으로 존재하면서도 변화한다. 불변과 변화가 우주의 반대되는 두 측면이다. 연결된 전체라는 불변의 속성을 가지면서도 그 자체는 현상 세계 속에서 한시도 멈추지 않고 춘하추동 생로병사의 양상으로 변화하며 나타난다. 인간으로 나무로 동물로 지수화풍으로 우주는 자기 표현을

윤동환

한다. 싱그럽게 시작되는 나무 기운의 봄, 뻗어나가는 불의 기운의 여름, 뻗어나간 것을 수렴하는 금의 기운인 가을, 그리고 씨앗을 저장해 간직하는 물의 기운인 겨울. 그 변화의 양상들이 그녀의 작품 속에서 보여진다.

그녀의 작품은 시간의 흐름에 따른 우주적 변화 양상뿐 아니라, 공간적인 다양성의 양상도 보여준다.

강렬한 주홍과 붉은 색의 굵은 선이 교차된 작품에서는 여성의 은밀한 신체부분 즉 여성의 성기의 내면을 느끼게 된다. 여성의 성기는 하나의 세계의 출발점이다. 각 인간은 소우주이기 때문이다. 여성의 성기는 각 인간을 출발시키는 곳이기 때문이다. 신의 인간 창조의 작업장이다.

교차된 무한 반복의 세계에 가로지르는 하나의 선은 하나의 돌연변이, 항상 동일하지 않은 창조의 우발적 변화를 의미한다. 세렌디피티. 우연적 실수를 통한 새로운 것의 발현을 의미한다. 무한한 반복을 무의미로 치부하지 않으면서 그 안에서 길을 찾는. 인간의 구도심을 의미한다.

종교 사상 속의 우주관들

우주의 시초는 하나이다. 연결된 우주는 한 덩어리 이다. 파르메니데스의 하나이다. 플로티노스의 일자이다. 도가

Workroom
2021

사상이나 주역에서 이야기하는 무극이다. 기독교의 하느님
이고 하나님이다. 거기서 음과 양이 나누어진다. 하나가 둘
이 된다. 그리고 음양이 작용하면서 거기서 제 삼의 것들이
파생된다. 인간과 만물이 제 삼의 것이다.

　　분화된 세상에서 인간은 고뇌에 빠진다. 자기의 출
발점인 하나를 '망각'하게 되었기 때문이다. 그래서 '상기
(remembrance)' 하는 노력이 필요하게 된다. 그래서 서양
철학에서 진리는 알레테이아 (aletheia) 라고 한다. 그것은

윤동환

레테의 강을 건너 망각한 전생의 기억을 상기한다는 의미를 포함한다. 우리가 망각한 것을 돌이켜 상기할 때, 우리는 성경과 법화경에 나오는 이야기, 즉 집 나간 탕자가 자기 정체성을 찾는 경험을 하게 된다. 인간의 철학과 종교는 바로 이렇게 자기의 본향을 상기하려는 노력이다. 그 노력이 '진리 추구'의 노력인 것이다.

이것을 기독교에서는 '구원'이라고 한다. 그것은 개아적인 불완전성을 버리고 신의 완전성에 가까이 가는 것이다. 불교나 힌두교에서는 '깨달음'이라고 한다. 도교에서는 자연에 계합하여 신선 혹은 진인이 된다고 한다. 유교에서는 성리를 깨우쳐 성인이 된다고 한다. 모든 종교가 구체적 방법은 다르지만 동일한 구원과 깨달음을 향해 가고 있는 것이다.

우주를 담은 비전

성희승의 작품활동은 자기 자신을 상기하려는 노력이다. 신성을 회복하려는 종교적인 구도의 몸짓이다.

별과 우주를 바라보는 성희승 작가의 시선은 소중하다. 그것은 밤하늘의 별을 바라보는 윤동주 시인의 시선이다. 별 하나와 인간 하나를 연결시키면서, '저것은 나의 별 저것은 너의 별' 하고 노래하는 시인의 마음이고, 은하수를 보면서

견우 직녀를 연상하는 마음이고, 북두칠성을 보면서 신들의 거처를 연상하는 마음이고, 별자리에 신과 영웅들을 대응시키는 마음이고, 태양 달 수금화목토 행성들과 지구의 인간들의 운명적 힘과 연관성을 생각하는 마음이다.

우주와 별에 대한 관심은 곧 우리 인간 자신에 대한 관심이다. 외부의 것은 내부의 것이기 때문이다. 타자는 자신이기 때문이다. 성희승 작가가 보는 무한 반복의 우주는 우주 속에 존재하는 자기 자신 내부의 신비와 신성에 대한 탐구이다. 작가의 무한성, 하나됨, 진리로의 동경과 지향은 인간의 본질에 대한 탐구를 하는 인문학자들과 종교인들과 다르지 않다. 이것이 그녀의 작품이 특별히 유의미한 이유이다.

윤동환

선명할수록 보기 힘든 것

김치현 큐레이터

정확히 바라보려 할수록 흐릿해지는 것들이 있다. 밤하늘의 무수한 별들은 우주의 암흑을 무색케 할 만큼 밝게 빛을 발하고 있다. 우리가 그 작은 하얀 점 하나를 보기위해서는 지금 머문 자리를 채운 빛을 버리고 어둠속에서 겸손하게 준비해야만 별은 비로소 그 빛의 일부를 허락한다. 바라보는 자의 눈에 담기기 위해 저 장막너머의 별은 광년의 세월 전부터 광채를 뿜었다. 어쩌면 우리가 오늘 사유하고 감동하는 저 작은 빛들은 이미 사라지고 없을 지도 모른다. 그래도 우리는 눈동자에 오늘의 밤하늘을 머금고 내일 새벽의 보랏빛으로 씻어낼 것이다. 별은 누구에게도 자신을 바라봐 달라고 소리치지 않았다. 보려고 한다면 보일 것이고 인지하지 못해도 그 자리에 아름답고도 무심하게 존재해왔다. 이처럼 성희승의 작품도 관객으로 하여금 분석하고 해석해야 하는 과제를 던지지 않는다. 그저 거대한 화면사이에 서서 시야를 둘러싼 색의 파장을 느낀다면 충분하다.

사방으로 뿜어져 나가듯 확장되는 붓질은 획의 끝에서 다시 시작된다. 반복적이지만 기계적이지 않고 형태 역시 복제된 모습이 아니다. 사람이 느끼지 못하는 우주의 무한한 확장성처럼 붓질은 별빛이 되고 켜켜이 겹쳐지고 쌓인다. 그리고 다시 붓질이 올라가지 않은 화면의 빈틈조차 별빛이 된다. 넓게 퍼져나간 빛의 그물은 미묘하게 다른 색의 차이와 농도로 인해 멀리서 바라보면 별의 임종인 성운처럼 희뿌옇게 흩어져있고 그 틈에서 새로이 생명의 그물이 탄생하고 있다. 속도를 가늠하기 어려운 스트로크는 예측 불허한 우주의 시간처럼 시선이 닿는 부분 밖에서 관객 모르게 더 증식해 나가고 있을 것 같은 느낌을 준다. 관념적인 이미지로 그려진 형태의 불명확함은 관객에게 난해함이나 수수께끼로 다가서기 보다는 개인이 지니고 있는 각자의 기억이 작품에 녹아들기 쉽도록 열려있다.

성희승은 별을 통해 사람이 살아가며 만들어내는 관계의 확장을 조명한다. 붓끝에서 비롯된 자신의 이야기를 통해 이어지는 인연은 화면의 차원을 넘어서 뻗어간다. 그 만남 사이에 융합된 개인은 다양한 형태를 지니고 있다. 둥글거나 날카로운 모서리를 지니기도 하지만 작가가 그려낸 빛의 산란으로 인해 가림 없이 품어진다. 관객 저마다 화면에서 시선을 시작하는 위치와 경로는 다를 테지만 촘촘히 이어진 획을 통해 마주치고 스치기도 하며 크고 작은 만남을 엮어낸다. 세상은 분명 회전하고 있지만 작가가 그려내는 세상은 편안한 휴식의 깊고 느린 호흡처럼 짙음과 흐려짐을 반복하며 맥동하고 있다.

김치현

누구나 도시가 뿜어내는 신경을 자극하는 화려한 빛 사이에서 벗어나 고요한 벌판에서 밤하늘을 바라본 적이 있을 것이다. 차가운 공기가 목을 휘감을 만큼 고개를 들어 바라본 시야에는 중력에 관계된 지상에 속한 그 무엇도 없이 오직 별의 바다뿐이다. 흔히 별빛이 내린다고 하지만 도리어 자신이 저 하늘로 추락하는 듯 아찔함까지 느껴진다. 성희승의 작품은 아스팔트와 콘크리트의 바다를 치열하게 거니는 동시대 사람들에게 잔잔하지만 압도적인 화면으로 우주를 이야기 한다. 그리고 우리가 고개를 들어 하늘을 바라보고 꿈을 새기던 존재였다는 사실을 잊지 않도록 나지막이 되새겨준다.

STARYA에 관한 고찰

JOBS CryptoArtist, GB Labs

"자네들이 나를 부정할 때,

나는 자네들에게 돌아올 거야.

형제들! 그때는 지금과는 다른 시각으로

길 잃은 사람들을 찾게 될거야

그때는 지금과는 다른 사랑으로 자네들을 사랑할 거야."

니체 (Friedrich Wilhelm Nietzsche)의

『차라투스트라는 이렇게 말했다 (Thus Spake Zarathustra)』

- 『베풂의 미덕』 중

    스타리아의 작품을 볼 때는 가능하면 혼자 봐야 할 것이다. 이유는 그 온전한 공간의 세계를 미안하지만 나 혼자만 느끼고 싶은 충동을 느끼기 때문이다.

    작품은 작가 그 자체이다. 스타리아의 세심한 손길과 터치, 관심, 고민, 상념, 열망, 상상, 환상 그리고 일상 등이 모두 어우러진 세계가 그 안에 있을 것이다. 그래서 작품을 보면 볼수록 새록새록 다른 감성들이 모락모락 피어오른다.

    스타리아의 작품들은 그런 느낌을 자아낸다. 그리고 작품마다 간단히 시선과 발길을 몇 걸음 옮겼음에도 불구하고 완전히 다른 세상을 만나는 듯한 착각을 갖게 될 정도로 보는

이의 감성을 빨아들이는 마력이 있다.

흔히 추상은 첫 눈에 집중하게 하는 요소가 강하다. 그냥 와 닿는 느낌이 있다. 사실 그게 전부 중 많은 부분을 차지할 것이다. 쉽게 말해 첫 인상이다.

그런 줄 알고 첫인상을 믿고 들어갔는데 어 그게 아닌가 라는 의심을 하게 한다. 거기서 보는 이와 작가는 일종의 숨바꼭질을 한다. 이름하여 대화다. 감성적 대화. 이 대화의 골 깊은 쪽으로 접어들어가는 순간 보는 이와 작가는 사실상 둘만의 무한의 겪어보지 못한 둘만의 경험의 세계로 입장하게 된다.

이건 연애와 비슷하다. 남녀가 사랑에 접어들 땐 오로지 상대와의 1:1 둘도 없는 경험의 세계로 접어들게 되는 것이다.

작품이 무엇을 의미하느냐 무엇을 그렸느냐 어떻게 그렸느냐 왜 그렸느냐 얼마나 크냐 작냐 언제 그렸냐 누구냐 얼마냐 등 작품을 둘러싼 허구들은 매우 많다.

다 부질없는 논의들이다. 그리고 작품에 대한 이런 감성의 파노라마를 갖지 못했다면 그 모든 논의는 이미 작품을 떠난 것이고 작가와도 무관한 일일 뿐이다. 사실 보는 이와 작가 그 누구도 원치 않는 일종의 소외가 발생되어 버린 것이다. 통상 그 이후에 남은 건 거래 뿐이다. 뭔가 주고 받는 것 같지만 사실상 주고 받는 거래일 뿐이다. 거래를 통해 우리가 얻을 수 있는 것도 있다. 그러나 얻을 수 없는 건 결코 얻을 수 없다는 것이다.

그림은 일종의 자화상이다. 스타리아의 작품 하나하나는 그의 자화상이다. 스타리아를 만났을 때 그 자신이 작품과 동일하다는 걸 느꼈다.

이건 엄청난 발견이다. 놀라움이다. 가령, 꿈에서 본 작품을 실물로 보는 느낌이라고 할까.

그만큼 작품은 작가와 동일하다. 지어낼 수 없는 것이다. 그럼으로 인해 그 작품들은 작가가 있고 없고를 떠나 생명력을 갖게 되는 것이다.

스타리아의 작품은 하나하나가 소우주를 표현한 듯 하다. 층층이 겹겹이 레이어드 layered 된 별과 우주의 그물 web 에서 우리가 동시대에 실감하고 있는 네트워킹 networking 된 자아와 타자를 보게 된다.

이건 리얼 real 이다. 환상의 세계가 아니라 지금의 세상을 스타리아가 말한 것이다. 즉, 우린 연결되어 있다는 것이다. 어디까지? 저 별세상 우주 끝까지!

인터넷의 출현으로 인류는 완전히 연결된 세상에 직면해 있다. 일종의 축복이자 재앙이다. 연결되고 싶지 않아도 되어야 하고, 무한히 연결되는 환락과 재미가 있다.

스타리아는 어떤 심상으로 이런 그림을 그렸을까 다시
한번 생각에 도전해 본다. 또 다시 대화다.

작품엔 크고 작은 구역이 있고 깊은 심연과 옅은 바닷가
푸르디 푸른 모래 바탕도 있다. 때론 암석에 부딪치는 파도도
있다. 스타워즈의 갤럭시와 어딘가에 있을 에일리언과 외계
생명체 그리고 그 어딘가에 있을 아틀란티스를 찾게 된다.

예술은 무엇일까? 왜 인간은 예술에 열광하는가?

그건 예술이 가져다 주는 마성에 기인하는 건 아닐까?

예술은 창작이며 창작은 자유다!

정답 오답이 없다. 옳고 그른 것도 없다.

갖는다 잃는다도 없다.

중생들이 또는 길 잃은 양들이 흔히 겪게 되는

골육상잔의 고통이 거긴 없다.

있는게 있다. 그건 바로 "사랑"이다.

예술에서 사랑을 뺀다면 그건 더 이상

예술의 자리를 차지하기 힘들다. 예술-사랑 = 통속!

사랑하기에 표현한다.

스타리아의 작품엔 그런 사랑을 느낄 수 있다. 구체적

Workroom
2021

으로 어떤 사랑인지는 잘 모르겠다. 그러나 그림이 따스하다. 너무 냉정하지도 않다. 그렇다고 추근덕거릴 정도로 구애하지도 않는다. 거만하게 관조하지도 않는다. 적당한 거리다. 사귀기 좋은 거리다.

현실도 아니고 초현실도 아니다. 아날로그도 아니고 디지털도 아니다.

이런 상태는 일종의 매우 유동적인 힘의 중력이 항상 긴장상태와 균형점을 찾으려고 하는 그런 에너지를 만든다.

바로 이런 점이 스타리아의 작품이 갖는 마성일 것이다. 밀어내지도 않고 껴안지도 않는 매력 있는 시크함이랄까.

그림은 점, 선, 색, 질감, 빛, 형상, 반사, 장소, 위치, 분위기, 소리, 바람 등등 수많은 구성물에 의해 달라진다.

디지털 그림은 이것을 인위적으로 만들어 내려는 시도를 한다. 좋은 시도다. 그러나 IMAX영화의 감동보다 대개는 스토리와 배우들의 표정에 그리고 연기에 우린 압도당하고 감성의 클라이맥스를 맛본다.

스타리아는 그런 작가다. 감성의 클라이맥스! 그의 그림이 특별하게 다가오는 이유다.

작가는 작품만이 있는 건 아니다. 작가 개인의 인생사가 또 한 켠에 있다. 소위 잘 알려진 작가는 개인적 가쉽으로 더 유명하다. 의도했건 안했건 요절한 작가와 셀러브리티적 삶의 행적은 작품과 동일시되어 증폭된다.

증폭된 시그널은 노이즈가 많을 수밖에 없다. 고로, 원음이 충실해야 한다.

내적 원음과 에너지를 다져가는 흥미로운 과정에 충실할수록 증폭되는 음악도 그 아름다움을 더해 갈 수 밖에 없을 것이다.

서두에 니체의 말을 인용했다. 그의 말은 일종의 추상 작품이다. 읽을 때 마다 다른 감성을 느끼게 되는 차라투스트라를 통해 전하는 그의 말은 예술이다.

사랑해 달라고 하기 전에 미워해 달라는 이야기. 역설이다. 일종의 내적 에너지를 축적해 가는 과정을 실감 있게 주장했다.

작가가 스스로를 내놓았다. 비판의 도마에.

그리고 대범하게도 그럴 정도가 되어야 내가 너의 친구가 되겠다고 말한다. 그리고 자신 있게 얘기한다. 그런 자기와의 과정을 통해 분명 너도 다른 세상을 보게 될 것이라는 것을.

매우 차원 높은 계몽이자 철학적 어프로치다. 그는 이런 과정을 베풂의 과정이라고 역설한다. 진정한 베풂이란 이런 서로에 대한 신랄한 애증을 통해서 자리를 잡게 되고 성장할 수 있다는 그의 믿음을 역설한다.

작가는 이런 자신감의 덩어리다.

별이 빛나는 유토피아를 통해 스타리아가 꿈꾸는 형제의 세계! 우리 모두는 Brother이다. 남이 아닌 것이다. 서로 연결되어 있었고, 지금도 연결되어 있다. 스타리아의 모든 작품은 그런 베풂을 꿰뚫고 있다. 어쩌면 그렇지 못한 현실 자각에서 그렇게 되어야 하는 초인적 신념을 그는, 그의 분신인 작품을 통해 오늘도 내일도 그리고 그의 사후에도 저 먼 우주를 향해 눈 앞의 그의 작품을 통해 꿈꾸고 있는 것은 아닐까?

Workroom
2019

프롤로그

Universe_20210527
2021
Acrylic on canvas
600x280cm

Universe_20210214
2021
Acrylic on canvas
81x81cm

Universe_20210527
2021
Acrylic on canvas
35x28cm

점

Universe_20181007
2018
Acrylic on canvas
45x45cm

빛이 태어난 그때
Universe_20210213
2021
Acrylic on canvas
45x45cm

헬싱키 공항에서
Universe_20210310
2021
Acrylic on canvas
65x53cm

**북극의 빛,
오로라를 찾아서**
Universe_20190210
2019
Acrylic on canvas
65x65cm

반복의 기름
Universe_20200811
2020
Acrylic on canvas
73x60cm

붓질
Universe_20210405
2021
Acrylic on canvas
91x72cm

밤하늘의 별
Universe_20200108
2020
Acrylic on canvas
73x73cm

시화
Universe_20200317
2020
Acrylic on canvas
65x65cm

별빛 화석
Universe_20200406
2020
Acrylic on canvas
50x50cm

한 획이 그어질때
Universe_20210602
2021
Acrylic on canvas
162x228cm

별이 지는 자리
Universe_20190820
2019
Acrylic on canvas
117x91cm

너만으로 충분해
Universe_20200603
2020
Acrylic on canvas
112x162cm

**메를로 퐁띠를
지각하며**
Universe_20181213
2018
Acrylic on canvas
19x53cm

겨울산
Universe_20210312
2021
Acrylic on canvas
150x80cm

Universe_20190110
2019
Acrylic on canvas
32x32cm

선

Universe_20210521
2021
Acrylic on canvas
30x40cm

바람과 바람(hope)
사이에서
Universe_20191011
2019
Acrylic on canvas
45.5x45.5cm

기댐
Universe_20200314
2020
Acrylic on canvas
46x53cm

기도
Universe_20181225
2018
Acrylic on canvas
91x91cm

학고재에서
visible / invisible
2019
Acrylic on canvas
112x145cm

믿음
Universe_20181229
2018
Acrylic on canvas
18x18cm

그림 그리는 사람
Universe_20210513
2021
Acrylic on canvas
61x61cm

삼각 김밥
Universe_20210608
2021
Acrylic on canvas
23x16cm

별 오름
morning star 2018
2018
Oil, acrylic on canvas
130x97cm

위로의 빛
Universe_20200104
2020
Ink on canvas
60x72cm

생명의 빛
기억의 빛
into Light
2019
Acrylic on canvas
130x97cm

기억의 퓌미에르
Universe_20200708
2020
Acrylic on canvas
33x53cm

사랑의 빛
희망의 빛
Universe_20210318
2021
Acrylic on canvas
130x89cm

Universe_20190214
2019
Acrylic on canvas
72x72cm

그림 약국
Universe_20200503
2020
Acrylic on canvas
53x46cm

눈
Flowering Star 2020
2020
Oil, acrylic on canvas
53x45cm

다시 깨어남
Universe_20200311
2020
Acrylic on canvas
91x116.8cm

into Light
2019
Acrylic on canvas
130x162cm

글 빛
Universe_20210307
2021
Acrylic on canvas
162x112cm

동주-
윤동주 문학관에서
Universe_20210425
2021
Acrylic on canvas
91x117cm

면

Universe_20181014
2018
Acrylic on canvas
18x18cm

예술가 마을
Universe_20181112
2018
Oil on canvas
112x145cm

큰 사람
Universe_20191101
2019
Acrylic on canvas
91x73cm

그랬으면
Universe_20210311
2021
Acrylic on canvas
97x130cm

모두를 위한 예술
Universe_20200712
2020
Acrylic on canvas
53x53cm

평화로운 세상
Universe_20210221
2021
Acrylic on canvas
90x60cm

빛을 품은 생명망
Universe_20210530
2021
Acrylic on canvas
27x35cm

관계의 농도
Universe_20190319
2019
Acrylic on canvas
73x91cm

가장 보통의 삶
Universe_20190413
2019
Acrylic on canvas
46x53cm

Universe_20200519
2020
Acrylic on canvas
290x270cm

가시관 앞에서
Universe_20210527
2021
Acrylic on canvas
73x91cm

우주의 열매
Universe_20210319
2021
Acrylic on canvas
53x45cm

**너는
나에게 별이다**
Universe_20210601
2021
Acrylic on canvas
19x25cm

물빛
Universe_20190114
2019
Oil, acrylic on canvas
160x120cm

Universe_20200521
2020
Acrylic on canvas
72x60cm

평론

Universe_20191029
2019
Oil, acrylic on canvas
65x65cm

Universe_20210125
2021
Acrylic on canvas
53x72cm

Universe_20210527
2021
Acrylic on canvas
600x280cm

Universe_20190816
2019
Oil, arylic on canvas
90x60cm

Universe_20210527
2021
Acrylic on canvas
10x10cm

Universe_20200819
2020
Acrylic on canvas
46x53cm

Universe_20210205
2021
Acrylic on canvas
45x45cm

Universe_20200501
2020
Acrylic on canvas
290x275cm

Universe_20190405
2019
Acrylic on canvas
38x46cm

Universe_20200424
2020
Acrylic on canvas
53x53cm

Universe_20200223
2020
Acrylic on canvas
53x46cm

Universe_20210305
2021
Acrylic on canvas
23x16cm

별; 오름에서 편지를 띄우며

1판 1쇄 인쇄 2021년 8월 17일
1판 1쇄 발행 2021년 8월 31일

지은이 성희승
펴낸이 김미영
펴낸곳 지베르니

디자인 이우림
마케팅 이삼영

출판등록 2021년 8월 2일
등록번호 제561-2021-000073호
이메일 giverny.1874@gmail.com

ISBN 979-11-975498-0-9 (03810)

• 지베르니는 지베르니 출판그룹의 단행본 브랜드입니다.